L'Épreuve du feu

Titre original
Järnbörd

Cette pièce a bénéficié d'une aide à la traduction de la Maison Antoine Vitez, Centre International de la traduction théâtrale à Montpellier.

14, rue de la République - 25000 BESANÇON
Tél. : 33 [0]3 81 81 00 22 - Fax : 33 [0]3 81 83 32 15

www.solitairesintempestifs.com

ISBN 2-912464-73-0

Texte publié avec l'aide du
Centre National du Livre

MAGNUS DAHLSTRÖM

L'Épreuve du feu

Traduit du suédois
par
TERJE SINDING

LES SOLITAIRES INTEMPESTIFS

Collection La Mousson d'été

dirigée par Michel Didym

Sofia Fredén, *Main dans la main*
Traduit du suédois par Gunilla Koch de Ribaucourt avec la collaboration de Aziz Chouaki

Chris Lee, *La Douleur de la cartographe*
Traduit de l'anglais (Irlande) par Isabelle Famchon

Armando Llamas, *Trente et une pièces autobiographiques*

A. I. S. Lygre, *Maman et moi et les hommes*
Traduit du norvégien par Terje Sinding

Philippe Malone, *Pasarán*

Arlette Namiand, *Une fille s'en va*

Pauline Sales, *La Bosse*

Mac Wellman, *Sept pipes*
Traduit de l'anglais (États-Unis) par Philippe Loubat-Delranc

Jean-Paul Wenzel, *« Faire bleu »*

La Mousson d'été est une manifestation consacrée aux écritures théâtrales d'aujourd'hui.

À travers des lectures, conversations, mises en espace, spectacles, cabarets, les objectifs de *La Mousson d'été* sont clairs : mettre l'écriture et l'auteur au centre du processus de création et permettre à des personnalités diverses (auteurs, éditeurs, acteurs, musiciens, journalistes, chercheurs, public local et national, universitaires…) de se rencontrer autour de l'écriture et de la création théâtrale contemporaines.

Parmi les coups de vent et les gros grains de la création contemporaine nous essayons de construire une maison des écritures ouverte au monde, qui s'associe aux traducteurs et aux éditeurs pour faire circuler les œuvres.

Cette collection « La Mousson d'été » doit permettre à des textes non publiés de vivre au-delà de cette manifestation, de s'inscrire dans le temps et de trouver leurs contemporains.

MICHEL DIDYM

La Mousson d'été est installée à l'abbaye des Prémontrés, elle reçoit le soutien de la région Lorraine, du ministère de la Culture (DRAC - DDAT - DAI), du rectorat de l'académie Nancy-Metz, du ministère des Affaires étrangères (AFAA), du conseil général de Meurthe-et-Moselle, des villes de Pont-à-Mousson et de Blénod-lès-Pont-à-Mousson.

PERSONNAGES

ALLAN
MONA
FRANK
EVA
ROGER
INGRID
ARJA
PETER

Une pièce comportant une porte.
Huit personnages sont réunis.
Peter est debout, le dos contre la porte. Il paraît tendu, affolé. Tous les autres le regardent fixement. Leur attitude est menaçante. On a l'impression que Peter pourrait à tout moment se faire attaquer, agresser – lyncher.
Puis les autres paraissent se lasser, comme s'ils avaient atteint leur but – faire peur à Peter, le remettre à sa place. Tout redevient « normal » – les personnages détournent leur regard de Peter, évitent de se regarder les uns les autres.
Au lieu d'avoir l'attention tournée vers Peter, ils deviennent tous solitaires, renfermés en eux-mêmes. Tous paraissent épuisés. Peter s'éloigne de la porte et se met à l'écart, doucement, comme s'il tenait à ne pas se faire remarquer. De toute manière, personne ne fait attention à lui.
Puis Allan semble de plus en plus impatient. Il se met à regarder les autres. Personne ne le regarde – personne ne regarde quiconque. Allan soupire, fait du bruit. Il se promène. Au début, personne ne fait attention à lui, puis il commence à attirer des regards irrités.

FRANK. – Tu ne peux pas arrêter de bouger ?

ALLAN, *s'arrêtant, regardant Frank.* – Qu'est-ce que tu dis ?

Frank ne répond pas. Allan se promène de nouveau, fait du bruit.

FRANK. – Tu ne peux pas arrêter de bouger, puisque je te le demande ?

ALLAN, *s'arrêtant.* – Pourquoi ?

FRANK. – Parce que ça m'énerve.

ALLAN. – Qu'est-ce qui t'énerve ? Raconte.

FRANK. – Quand tu marches comme ça en faisant du bruit.

ALLAN. – Ça t'agace ?

Frank ne répond pas.

ALLAN. – Tu sais pourquoi ça t'agace ? C'est parce que tu ne penses pas assez, parce que tu ne réfléchis pas assez. Tu n'as rien pour occuper tes pensées. Alors le moindre bruit devient insupportable. Ça prend des proportions telles qu'à la fin on ne le supporte plus. C'est le principe de la torture chinoise. Tu sais, quand on reçoit sans cesse une goutte d'eau sur le front. Tout le temps, sans cesse. C'est pareil. On ne peut pas y échapper. À la fin on est prêt à avouer n'importe quoi.

Frank ne répond pas.

ALLAN, *se promenant, regardant les autres, qui manifestement essaient de l'ignorer.* – Il ne se passe rien, c'est ça le problème – rien ne se passe.

MONA. – Tais-toi.

ALLAN. – Moteur ! On tourne.

MONA. – Tais-toi, ça suffit maintenant, arrête de bouger.

ALLAN. – Pourquoi ?

MONA. – Tu es obligé de te promener comme ça ? Tu es nerveux ou quoi ?

ROGER. – Il a des fourmis au cul.

ALLAN. – J'ai plein de trucs tout à fait agréables au cul, mais pas des fourmis.

MONA. – Dans ce cas arrête de bouger.

ALLAN. – Parce que tu trouves qu'on s'amuse assez comme ça.

MONA. – On ne s'amusera pas plus parce que tu te promènes.

ALLAN. – Pourquoi es-tu ici ? Dis la vérité.

MONA. – Comment ça, la vérité ?

INGRID. – Vous êtes obligés de continuer avec vos questions ? Vous êtes obligés ? Ça ne suffit pas ?

ALLAN. – Toi tu te tais. Personne ne te parle. *(À Mona.)* Pourquoi es-tu ici ?

MONA. – Et toi ?

ALLAN. – Je te demande pourquoi tu es ici. Qu'est-ce que tu as fait ?

MONA. – Et toi ?

ALLAN. – Je n'ai rien fait.

MONA. – Moi non plus.

ALLAN. – Il faut bien que tu aies fait quelque chose, puisque tu es ici.

MONA. – De toute façon tu ne peux pas comprendre.

ALLAN. – Ah bon ?

MONA. – Tu te crois psychologue, hein ? Tu crois comprendre comment les gens fonctionnent – mais tu ne comprends pas. C'est clair ? Tu n'y comprends rien.

ARJA. – Tu peux pas la fermer ?

MONA. – Qui ?

ARJA. – Toi.

MONA. – Moi ?

ARJA. – Oui.

MONA. – Qu'est-ce que tu as encore ?

ARJA. – Espèce de conne.

MONA. – Quoi ?

ARJA. – Espèce de conne j'ai dit.

MONA. – Répète ça.

ARJA. – T'es là comme un paquet-cadeau – t'attends qu'on

t'ouvre. T'es là à pleurnicher parce que personne te comprend – comme si on était des moins que rien. Tu mouilles ta culotte dans ta putain de robe, hein ? Où c'est que t'as acheté ton cerveau ? En solde ?

MONA. – Pardon de ne pas avoir essoré suffisamment de serpillières pour avoir l'air d'en être une moi-même.

ALLAN. – Arrêtez de vous engueuler – dis plutôt pourquoi tu es là.

MONA. – Du calme. Ça t'intéresse ?

ROGER. – Il veut être sûr qu'il y a pire que lui.

ALLAN. – Je n'ai rien fait.

ARJA. – Il est venu ici de lui-même.

ALLAN. – C'était pourquoi déjà ?

MONA. – Donne-moi une raison pour que je te raconte.

ALLAN. – Tu en as envie.

MONA. – J'en ai envie ?

ALLAN. – Je vois bien que tu en as envie. Je vois que tout le monde ici en a envie. Je crois qu'en réalité tout le monde n'as qu'une envie, parler – il suffirait simplement que quelqu'un insiste un peu en posant des questions.

INGRID. – Vous êtes obligés de continuer ? Ça ne suffit pas maintenant ?

ALLAN. – Alors c'était pourquoi ?

MONA. – Des vols.

ALLAN. – Et tu as volé quoi ?

MONA. – Tu te prends vraiment pour un psychologue, hein ?

ALLAN. – J'ai seulement demandé ce que tu avais volé.

MONA. – Tout.

ALLAN. – Tout ?

MONA. – Tout, oui – tu sais bien ce que ça veut dire ? Tout

ce qu'on voit. Comme ces vêtements. Tout ce qu'on peut prendre – tout ce qui est facile à voler on le vole parce que c'est facile à voler. Je vole parfois de la nourriture que je finis par jeter – je vole une voiture et quand j'en ai marre je l'abandonne. Un jour j'ai volé un tableau dans une galerie – c'était simple comme bonjour. J'aime les tableaux – je croyais que j'aimais les tableaux – je croyais que j'aimais ce tableau-là. Et alors je l'ai décroché et je suis partie avec. 22 000 couronnes, il valait. Il m'a semblé qu'il avait quelque chose, qu'il me le fallait. Puis, au bout d'un moment, j'ai trouvé que c'était trop fatigant de le porter. Il était vachement encombrant. J'ai vu une benne à ordures et je l'ai jeté dedans. Il y avait plein de monde autour, des ouvriers du bâtiment, des gens comme ça, mais personne n'a rien dit. Après j'ai volé des montres pour au moins 30 000 couronnes. C'était plutôt marrant. La vendeuse les avait mises sur le comptoir pour que je choisisse. Elles étaient vachement belles – en tout cas c'est ce que j'ai pensé. J'ai pensé qu'elles étaient jolies. Je les prends toutes j'ai dit, puis je les ai ramassées et fourrées dans mon sac et je suis sortie. En fait c'était complètement fou. Je n'ai même pas couru. Bien sûr il y a ce mec qui m'a suivie – arrêtez, il a crié. Et je me suis arrêtée. Je me suis arrêtée et je lui ai souri. Et alors il s'est passé un drôle de truc. Il s'est arrêté aussi, à plusieurs mètres de moi. Il s'est immobilisé. Je ne sais pas pourquoi – je n'ai pas bougé, je lui ai même souri. Il aurait pu m'attraper sans problème. Mais c'était comme s'il avait soudain eu un doute, je ne sais pas à quoi il a pu penser. Viens, j'ai dit à la fin pour qu'il se passe quelque chose, mais alors il a fait un pas en arrière. Il a reculé. Puis j'en ai eu marre et je suis partie. J'ai jeté toutes les montres sauf celle-ci. *(Elle lui fait voir son bracelet-montre.)*

ARJA. – Et t'es là à te pavaner avec ? C'est des diamants, là ?

MONA. – Oui.

ARJA. – Y en a qui se privent de rien.

ROGER. – Un jour j'ai vu un film avec une gonzesse qui avait un anneau de diamants aux lèvres.

EVA. – Aux lèvres ?

ROGER. – À la chatte, je veux dire.

ALLAN. – Pourquoi tu as volé toutes ces choses ?

MONA. – Tu te prends vraiment pour un psy, hein ?

ALLAN. – Je te pose seulement la question.

MONA. – Parce qu'il faut une raison à tout ce qu'on fait ? Qu'est-ce que tu veux savoir ? Tu veux que je te raconte mon enfance ? Papa me tapait dessus et maman ne pouvait pas me voir. J'étais si laide et insignifiante que je n'avais pas d'amis. Je pouvais rester des heures devant la glace. Papa sentait toujours mauvais aux réunions de parents d'élèves et on m'en faisait la remarque. Maman voulait mourir – je veux mourir, disait-elle, tout me dégoûte – tu n'as qu'à te flinguer, disait papa, va te noyer, va te pendre, tout ce que tu veux, pourquoi tu ne le fais pas ? – Parce que j'ai encore du plaisir à te gâcher l'existence. Mais plus tard il est mort d'un cancer et alors elle s'est vraiment pendue. C'est des choses comme ça que tu veux entendre ?

ALLAN. – Parce que ça s'est passé comme ça ?

MONA. – Non.

ALLAN. – Pourquoi tu l'as raconté alors ?

MONA. – Pourquoi est-ce qu'on raconte des choses ?

ALLAN. – Pourquoi ne pas raconter comment ça s'est passé en réalité ?

MONA. – Parce qu'en réalité il ne s'est rien passé.

ARJA. – Mais écoutez-moi ça – écoutez-moi cette pétasse – elle se prend pour quoi, pour une star – pour un génie incompris avec son décolleté – si féminine et si unique que personne ne la comprend.

MONA. – Tu me prends pour une idiote ? J'ai tout de même une licence de lettres.

ARJA. – Elle a dû coucher pour avoir son diplôme.

MONA. – Qu'est-ce que tu dis ?

ROGER. – C'est vrai ?

MONA. – De quoi tu te mêles ?

ROGER. – De rien.

MONA. – Si.

ALLAN. – Pourquoi est-ce que tout le monde est si tendu ? *(Les autres se taisent.)* Il y a une drôle de tension ici. Comme s'il y avait quelque chose. Quelque chose dans l'air. Comme si quelque chose était sur le point d'arriver. C'est ça ? Vous le sentez aussi ? C'est quoi ?
(Personne ne répond.)
(À Mona.) C'était pourquoi déjà ?

MONA. – Comment, pourquoi ?

ALLAN. – Les vols.

MONA. – Qu'est-ce que tu veux savoir ?

ALLAN. – Depuis combien de temps tu fais ça ? Depuis toute petite ?

MONA. – Quand j'étais petite j'étais une fille gentille et bien élevée.

ARJA. – C'est ça.

MONA. – Je faisais toujours mes devoirs, j'étais gentille avec tout le monde, je portais des robes blanches, j'étais une petite poupée aux joues roses. Tout le monde m'adorait, j'étais la préférée de la maîtresse. J'étais si jolie. J'étais si bien élevée. J'étais un petit ange. Un ange du Bon Dieu. En me voyant, les gens avaient les larmes aux yeux. *(Elle se met à rire, comme si tout était faux.)* Plus tard je suis devenue méchante. Je volais des choses à tous les gens que je connaissais, des petites choses – rien que des saloperies en réalité. Des choses auxquelles personne ne

faisait attention. Des porte-plume, des bouts de papier – il m'arrivait de glisser une fourchette dans ma poche, des allumettes, des cigarettes. Des trucs comme ça. Je gardais tout dans une boîte, à la maison, sous mon lit. Après, de temps en temps, je les regardais, tous ces objets – je les touchais, je les tripotais – c'était comme une sorte de méditation, je pouvais y passer des heures. Plus tard, quelqu'un m'a surprise, ou s'est douté de quelque chose en tout cas. Il y a eu des bruits qui ont commencé à courir : regardez-la, c'est celle qui pique des trucs. La voleuse. À la fin, tout le monde m'évitait. Il n'y avait plus qu'une fille qui acceptait encore de me fréquenter. Elle était si gentille, toujours. Vraiment adorable. Elle savait ce qu'on racontait, bien sûr. Mais c'était quelqu'un de bien. Elle disait que j'avais un problème et que j'avais besoin d'aide. Un problème, disais-je, oui, je dois avoir un problème. Plus tard je lui ai volé 500 couronnes qu'elle gardait dans un tiroir. Elle faisait des économies pour s'acheter un nouvel aspirateur. Elle s'en est aperçue, bien sûr, mais je ne lui ai pas rendu l'argent. J'ai dit que je l'avais brûlé. En réalité je l'avais seulement déchiré, mais j'ai dit que je l'avais brûlé. Elle n'a pas été vraiment fâchée – elle était adorable. Vraiment quelqu'un de bien. Pourquoi tu as fait ça ? – c'est tout ce qu'elle a dit. Je ne sais pas, j'ai dit. Tu as besoin d'argent ? Non. Puis je me suis mise à voler chaque fois que j'étais chez elle – une serviette dans la salle de bains, des livres, des disques, des choses qui traînaient. J'ai volé son permis de conduire, que j'ai découpé en morceaux – puis je lui ai renvoyé les morceaux par la poste. Pourquoi, je n'en sais rien. Son radio-réveil. Elle a fini par craquer. Elle a dit qu'elle ne porterait pas plainte mais qu'elle ne voulait plus me voir. D'accord, j'ai dit.
D'accord, j'ai dit. C'était drôle. D'accord. C'est tout. C'était comme un soulagement, une libération. D'un coup j'ai tout arrêté. Arrêté de travailler, arrêté de voir des gens. Je ne faisais que voler. C'était tout ce que je faisais. J'y consacrais tout mon temps – au vol. Je volais dans la

journée, et le soir j'examinais mon butin. Ou parfois c'était le contraire. À la fin l'appartement était plein d'objets car je ne vendais jamais rien. J'étais seule tout le temps. Parfois je jetais des choses dont j'avais marre – des choses que je n'avais aucun plaisir à regarder. L'argent par exemple. Il n'y a rien de plus ennuyeux que l'argent. Je préférais voler des objets plus personnels – des objets qui manqueraient vraiment aux gens. Des objets auxquels ils étaient attachés, qui représentaient des souvenirs – qui faisaient partie d'eux-mêmes en quelque sorte. C'étaient surtout des objets comme ça que je volais. C'étaient des objets comme ça que j'aimais voler. Plus je savais qu'un objet leur manquerait, plus j'avais du plaisir à le voler. Des objets qui étaient importants pour quelqu'un.
J'ai continué comme ça. Je volais de plus en plus. Plus je volais, plus j'avais envie de voler, il m'a semblé. En un sens c'était drôle. Comme si je n'avais pas de poids, comme si je flottais – libre et en apesanteur, je ne sais pas. Impossible de revenir en arrière. Puis quelque chose s'est mis à aller de travers. Comme si la sensation de légèreté, de libération, s'éloignait de plus en plus. Je ne sais pas ce qui s'est passé – elle a disparu en quelque sorte, elle a pâli – je ne pouvais plus l'atteindre. Partout autour de moi il y avait comme un brouillard. Tout m'était égal. Je ne savais plus si j'étais morte ou vivante. Partout autour de moi il y avait du silence. Un silence absolu.

ARJA, *clappant de la langue, comme si elle plaignait un petit enfant.* – Pauvre chérie.

MONA. – Je t'emmerde... Mais qu'est-ce qui te prend ?

ARJA. – Licence de lettres et tout. Tu volais les capotes chaque fois que tu te faisais baiser ?

MONA. – Mon Dieu, je me demande pourquoi j'ai ouvert la bouche.

ALLAN. – Parce que tu en avais envie.

MONA. – Qu'est-ce que tu en sais, merde ?

ALLAN. – Je crois même que tu as envie d'en dire davantage.

MONA. – Ah, tu crois ? Dis-le toi-même – puisque tu sais tout. Pourquoi tu es si curieux ?

ROGER. – C'est parce qu'il est voyeur. Tout le temps curieux. Ça l'excite.

Allan regarde Roger.

ROGER. – Il matait sa mère dans la salle de bains. Il tripotait les nichons de sa mère. Il reniflait ses petites culottes. Et on sait jusqu'où ça l'a mené...

ALLAN. – Je n'ai rien fait.

FRANK. – Écoutez... Je ne sais pas si ça me plaît tout ça...

Allan se tourne vers Frank.

FRANK. – Je ne pense pas qu'il soit nécessaire de parler de tout ça...

ALLAN. – De quoi ?

FRANK. – De... ça.

ALLAN. – Tu veux dire de ce plancher ? De ce plafond ? C'est à ça que tu penses ? De ces murs ?

FRANK. – Tu sais bien à quoi je pense.

ALLAN. – Peut-être. Peut-être pas.

FRANK. – Je trouve qu'il n'est vraiment pas nécessaire de revenir sur tout ça. Il y a tout le temps ce ton bizarre, cette ambiance bizarre. Je trouve que ça suffit maintenant... Tu ne pourrais pas t'asseoir, ou te mettre là-bas... ou là... ou ailleurs. Et laisser tomber tout ça.

ALLAN. – Tu sais que tu as un drôle de visage ? Tu le sais ? Il est flou. Trouble on dirait. Effacé. On ne te l'a pas déjà dit ? C'est facile de regarder ton visage – on n'y fait pas attention. On peut le regarder tant qu'on veut – on peut le fixer. C'est comme si on se reposait les yeux. Comme si on regardait le brouillard.

FRANK, *tendu.* – Vous ne pourriez pas... C'est si – je trouve que – que c'est si – que c'est – tu ne pourrais pas te taire ? Tu ne pourrais pas arrêter de parler ?

ALLAN. – Mais personne ne te parle.

FRANK. – Je trouve en tout cas – je veux dire, l'ambiance me paraît si bizarre.

ALLAN. – Comment ça, bizarre ? Explique. Que veux-tu dire par bizarre ?

FRANK. – Avec toutes ces questions et tout ce...

ALLAN. – Tout ce quoi ?

FRANK. – Tu ne pourrais pas arrêter ?

ALLAN. – Arrêter quoi ?

FRANK. – Tu ne pourrais pas ?

ALLAN. – Faire quoi ?

FRANK. – On devrait arrêter tout ça je trouve – ça suffit – assieds-toi ou reste debout – ou – ou...

ALLAN. – Ou quoi ?

FRANK, *s'emportant.* – Mais fais comme je te dis !

Silence. On entend quelques soupirs.

FRANK. – Pardon... je ne voulais pas... Je vous demande pardon... Mais tout ça est si bizarre... Je trouve qu'on devrait arrêter, je ne comprends pas à quoi ça sert...

ALLAN. – Et qu'est-ce que tu as fait ? Dis la vérité.

FRANK. – Je n'ai rien fait.

ROGER. – Encore un menteur.

FRANK. – Je ne suis pas un menteur.

ROGER. – Tiens tiens.

FRANK. – Je ne suis pas un menteur je te dis.

ROGER. – OK, OK.

FRANK. – Alors ne le dis pas.

ROGER. – OK. Excuse-moi.

FRANK. – Si je dis que je ne suis pas un menteur c'est que je ne le suis pas – et alors il ne faut pas le dire.

ROGER. – J'ai dit excuse-moi.

FRANK, *se calmant.* – Je trouve seulement qu'il ne fallait pas le dire.

ARJA. – Ils nous pompent l'air.

ALLAN. – Alors qu'est-ce que tu as fait ?

FRANK. – Je ne pense pas qu'il soit nécessaire de revenir là-dessus.

ALLAN. – Personne ne peut t'y obliger, c'est évident.

FRANK. – Personne ne peut m'y obliger.

ALLAN. – Mais tu as bien fait quelque chose.

FRANK. – Je n'ai pas dit ça.

ALLAN. – Tu sais bien que c'est vrai.

FRANK. – Mais c'est un interrogatoire – c'est comme un interrogatoire, ce sont des méthodes de flics. Mais qu'est-ce que tu mijotes ? Tu devrais t'arrêter, je trouve – arrêter ce que tu mijotes.

ALLAN, *haussant les épaules.* – D'accord. Comme tu veux. *(Il tourne le dos à Frank et regarde Peter. Il sourit à Peter. Quand Frank se met à parler il se retourne, comme s'il s'y attendait. Il cesse de sourire lorsqu'il regarde Frank.)*

FRANK, *après un temps d'hésitation.* – Je suis là parce que je suis un minable, si tu veux vraiment savoir. Pourquoi tu ricanes ? *(Il fixe Roger des yeux, le montre du doigt.)* Il ricane. Il trouve ça drôle.

ALLAN. – Personne ne trouve ça drôle.

FRANK. – Lui, si. Il ricane.

ALLAN. – Personne ne ricane. *(À Roger.)* Arrête de ricaner.

ROGER. – Je ne ricane pas.

ALLAN. – Il ne ricane pas.

FRANK. – Je ne supporte pas les gens qui ricanent.

ALLAN. – Personne ne ricane je te dis.

Arja lève les yeux au ciel, puis détourne le regard.

FRANK. – Je ne supporte pas.

ALLAN. – Donc tu es là parce que tu es un... *(Frank le regarde. Il hésite.)*

FRANK. – Qu'est-ce que ça veut dire, prolo ? Qu'est-ce que c'est ? Qu'est-ce que ça veut dire, être un prolo ?

ARJA. – Ça veut dire qu'on n'a pas de montre avec des diamants et qu'on n'a pas fait des études de lettres.

FRANK. – Je n'ai jamais compris. Je viens d'une famille normale, ni riche ni pauvre, mais ce n'était pas ça qu'elle voulait dire – du moins je le crois. C'est l'impression que j'ai eue.

ALLAN. – De qui tu parles ?

FRANK. – J'avais un boulot ordinaire, ni bien ni mal payé, mais ce n'était pas ça qu'elle voulait dire. Son père travaillait dans un entrepôt – lui n'était pas un prolo d'après ce que j'ai compris. Son ex conduisait un camion – lui non plus n'était pas un prolo. Moi j'étais un prolo d'une autre manière – c'est l'impression que j'ai eue – pas parce que je venais de tel ou tel milieu ou que j'avais tel ou tel salaire – ce n'était pas pour ça. C'était autre chose qu'elle voulait dire. C'était ses yeux je crois – ses yeux, sa bouche – ses yeux et quelque chose à sa bouche – il y avait quelque chose qui me donnait l'impression qu'elle voulait dire autre chose que les mots. Pas facile de dire ce que c'était. Il n'y avait rien de concret. Ça se voyait à peine. Il y avait comme un ricanement sur ses lèvres quand elle le disait. Ça ne se voyait presque pas. Juste un petit ricanement. Ses yeux me regardaient, me fixaient avec assurance comme si je n'étais rien – rien qui ne méritait que son regard s'arrête – transparent. Ce n'est pas que son regard était haineux ou quelque chose comme ça. Simplement il y avait une absence de respect. Je n'y voyais aucun respect. Même tout au fond, derrière tous les autres sentiments – il n'y avait rien. C'est comme ça que j'ai compris ce qu'elle voulait vraiment dire. J'étais un prolo dans l'âme. C'était ça que voulaient dire ses yeux, que voulait dire son ricanement invisible. Ça se voyait. C'était comme un secret qu'elle gardait au fond d'elle-même. Je ne devais pas le savoir. Elle voulait le garder pour elle, s'en délecter sans que je ne m'en aperçoive. Le garder pour elle comme une arme secrète, comme un harpon invisible, une supériorité invisible. Mais elle ne pouvait pas se retenir, elle en laissait transpirer un tout petit bout, juste un petit bout pour que je m'en doute – juste un petit bout. Ça transpirait. Son regard – qui passait à travers moi...

MONA. – Tu l'as frappée ?

FRANK, *fixant Mona des yeux.* – Tu veux écouter ou pas ?

MONA. – Pour ce que ça m'intéresse...

FRANK. – Tu veux écouter ou pas ?

MONA. – Oui, oui.

FRANK. – Tu veux écouter ou pas je te demande ?

MONA, *avec impatience.* – Oui, oui, oui.

FRANK. – TU VEUX ÉCOUTER OU PAS ?

Mona ne répond pas.

ARJA. – Arrête de gueuler !

Frank fixe Arja des yeux.

ARJA. – Tout de suite. Et me regarde pas comme ça – baisse les yeux.

FRANK, *se calmant.* – Pardon...

ARJA. – Quelle bande de cinglés...

FRANK. – Je t'ai dit pardon...

ALLAN. – Et ensuite ?

MONA. – Le psy...

ALLAN. – Si tu la fermes il continuera peut-être.

ROGER. – Et c'est bien ce que tout le monde veut.

FRANK. – Arrête de ricaner !

ALLAN. – Personne ne ricane.

FRANK. – Il ricane tout le temps.

ALLAN. – Il ne ricane pas. *(À Roger.)* Tu ricanes ?
(Roger a beaucoup de mal à s'arrêter.)
Tu ricanes ? *(Il se fait plus menaçant. Roger redevient sérieux, mais ne répond pas.)* Tu ricanes ? Tu ricanes je te demande ? *(Il se met entre Roger et Frank.)* Il ne ricane pas. Continue.

FRANK. – Plus tard on a eu une explication. D'abord elle a pleuré. Elle saignait du nez. Ses lèvres étaient enflées. Je ne savais pas quoi faire. J'ai demandé pardon, c'est tout ce que j'ai pu faire. Mais ça a fini par s'arranger. Du moins c'est ce qu'il m'a semblé. Elle a reconnu qu'elle avait eu un comportement provocateur. Ça, elle l'a reconnu. J'ai dit que ça n'avait pas d'importance – de toute façon c'était de ma faute. De A à Z. Je ne comprenais pas comment j'avais pu – je n'avais jamais frappé personne avant ça – je n'ai pas vraiment réalisé ce que j'avais fait. C'était comme si quelqu'un d'autre l'avait fait. Ce n'était pas moi. Comme si quelqu'un d'autre avait pris ma place – comme si j'avais dormi et que soudain je m'étais réveillé. C'était comme s'il y avait quelqu'un d'autre à l'intérieur de moi – quelqu'un de complètement différent. Quelqu'un que je ne connaissais pas. Quelqu'un qui était capable de faire des choses. Quelqu'un qui... qui...
En tout cas ça s'est arrangé. C'est redevenu comme avant. Presque mieux – pendant un temps ça allait presque mieux : comme si nous nous aimions plus fort qu'avant. Comme si nous avions surmonté une épreuve difficile – comme si nous avions traversé ensemble un malheur qui nous aurait rapprochés ou quelque chose comme ça. Comme si en

réalité ça ne nous concernait pas. Notre couple n'en était que plus soudé en quelque sorte. C'est ce qu'il m'a semblé en tout cas.
Mais plus tard j'ai compris qu'il y avait quelque chose qui n'allait pas. Au bout d'un an ou quelque chose comme ça – un an et demi peut-être. Je me suis rendu compte qu'elle n'avait pas oublié. Je croyais qu'elle avait oublié – je le croyais vraiment ; que c'était fini – que ça n'avait jamais existé. Mais ce n'était pas vrai. Je me suis rendu compte que ce n'était pas vrai. Ça se voyait à des petits détails, à des bagatelles – ça se voyait à peine. Mais ça se voyait. C'était comme si elle ne me faisait pas vraiment confiance. C'était comme si elle était légèrement, très légèrement sur ses gardes tout le temps. J'ai eu l'impression qu'elle évitait de se trouver seule avec moi à certaines occasions. Quand il faisait nuit par exemple. Si nous traversions un jardin public de nuit on aurait dit qu'elle pressait le pas. C'est l'impression que j'ai eue. Bien entendu elle n'a rien dit. Jamais elle n'a parlé de ce qui s'était passé – pas la moindre allusion – et pourtant... Je ne pouvais pas vraiment mettre le doigt dessus. Quelque chose avait changé. Je le savais. J'en étais de plus en plus persuadé. Pourtant je n'ai rien fait pendant tout ce temps – je n'ai pas été agressif, je n'ai pas été menaçant – bien au contraire. J'étais plus gentil que jamais. J'ai vraiment fait des efforts. Plein d'attentions, plein d'égards – je faisais tout pour lui montrer que je l'aimais. J'élevais à peine la voix. Je ne faisais pas une seule remarque. Pas même en plaisantant. J'étais tout à fait calme, je me conduisais de manière exemplaire. Mais ça ne servait à rien. Ça n'avait aucun effet. Je le savais. Je m'en rendais compte. Elle n'oublierait jamais. Ne me faisait pas confiance. Au fond d'elle-même, non ; c'était comme un secret qu'elle gardait pour elle. Ça se voyait. De nouveau j'ai eu cette impression : qu'elle s'en délectait sans que je ne m'en aperçoive. Elle gardait ça pour elle comme une arme secrète, un harpon invisible, une supériorité invisible. Mais ça se voyait.
J'ai commencé à réfléchir à ce que je devais faire. Je ne

pouvais pas rester comme ça. C'était impossible. Est-ce que je devais l'interroger ? Il valait mieux pas. Si je le faisais elle nierait sûrement – si je l'interrogeais elle comprendrait que son arme était chargée, que j'avais été atteint. Mais à la fin je l'ai quand même fait, je n'ai pas pu m'en empêcher : est-ce que j'ai raison de croire ce que je crois ? Non, a-t-elle dit. Tu te fais des idées. Tu réfléchis trop – tu finis par imaginer des choses. Voilà ce qu'elle a dit – exactement comme je m'y attendais. Mais je n'ai pas cru à ce qu'elle disait. J'ai pensé qu'elle mentait. Elle ne voulait tout simplement pas dire ce qu'il en était. Mais peut-être qu'elle disait vrai : peut-être que c'était seulement des imaginations. Mais il m'a semblé que non. Je ne pouvais pas croire ça.

Je me suis dit qu'il fallait être plus attentif, développer une stratégie – il fallait la prendre par la ruse, lui faire avouer par la ruse. Obtenir la bonne réponse. Il fallait que je sache la vérité. La vérité. J'ai commencé à l'écouter le plus attentivement possible. Quand elle disait quelque chose je faisais très attention. Qu'est-ce qu'elle disait ? Qu'est-ce qu'elle disait vraiment ? Je faisais attention à toutes les nuances de sa voix, j'observais ses mimiques, j'enregistrais chacun de ses gestes. Qu'est-ce qu'elle voulait dire ? Qu'est-ce qu'elle voulait dire vraiment ? Est-ce qu'elle cachait quelque chose ? Qu'est-ce qu'il y avait qu'elle ne voulait pas dire ? C'est comme ça que je faisais. Tout le temps. Sur mes gardes tout le temps. Tôt ou tard elle cesserait de se surveiller et j'aurais la réponse. Alors je saurais.

À la fin elle s'est rendu compte de quelque chose. Elle a trouvé que je me comportais d'une drôle de façon. Elle a trouvé que j'étais absent en quelque sorte – que je n'étais pas vraiment là. Il y avait une drôle de lueur dans mon regard par moments. Qu'est-ce que tu as ? Rien, j'ai dit. Rien. Il n'y a rien du tout. Tu as l'air bizarre. Non. Ce n'est rien. Rien du tout. Vraiment tu as l'air bizarre. Je ne suis pas bizarre. J'ai essayé de ne pas avoir l'air bizarre. J'ai essayé d'être normal, ordinaire. Mais il n'y avait rien à faire. Il y a bien quelque chose, elle a dit. Il n'y a rien, j'ai dit. Si. Non. Mais je me suis soudain rendu compte que ma voix était bizarre. J'ai eu l'impression de m'écouter parler – comme si j'étais à l'intérieur de ma tête et que j'entendais ma voix sortir de ma bouche. Ma voix était bizarre. Ma voix était d'autant plus bizarre que je m'efforçais de la faire sonner normalement. Plus je m'efforçais à être normal, plus je paraissais étrange. Je m'en suis rendu compte. Elle me fixait des yeux, me scrutait en quelque sorte, attentivement – et j'ai soudain eu conscience que tout ce que je pourrais faire paraîtrait anormal à ses yeux – suspect. J'étais pris de vertige. Comme si j'avais de la boue dans la tête. Je ne savais pas comment me comporter : comment bouger, que dire. Qu'est-ce qu'il y a ? elle a dit. Qu'est-ce que tu as ? Qu'est-ce que tu as, qu'est-ce que tu as, qu'est-ce que tu as – rien, j'ai dit. Mais c'était trop tard. Elle avait déjà décidé qu'il y avait quelque chose. Elle a semblé se redresser. Elle se tenait toute droite. Son visage est devenu neutre, ou sérieux – et ce regard... on aurait dit qu'elle observait un insecte ou quelque chose comme ça, une larve – ce regard, sans aucun respect – ce regard qui disait tu es comme ça et tu seras toujours comme ça et il n'y a rien à faire. Sûre d'elle, droite comme un piquet. Et mon bras s'est levé – tout d'un coup : il s'est levé comme ça, on aurait dit qu'il y avait un ressort dedans. Il s'est levé tout seul – on aurait dit qu'il était commandé par quelqu'un d'autre – c'est tout. Tu comptes me frapper ? Et mon bras qui s'était levé, comme un automate – tu comptes me frapper ? elle a dit. Elle était tout à fait calme, tout à fait sérieuse. Tu comptes me frapper ? Elle n'a pas bougé d'un pouce. Non, j'ai dit. Mais mon bras était toujours levé. Tu comptes me frapper ? Le bras levé – on aurait dit qu'elle n'avait attendu que ça, que mon bras se lève – qu'elle attendait ça depuis plus d'un an – c'était son triomphe. La confirmation de ce qu'elle savait depuis toujours. Tu comptes me frapper ? Un ricanement sur ses lèvres : j'étais

exactement comme elle pensait, elle savait à quoi s'en tenir – elle savait tout de moi. Tu comptes me frapper ? Non, j'ai dit. J'ai baissé un peu le bras. Je ne compte pas te frapper. Je l'ai baissé encore un peu. Je ne compte pas faire ça. Mais soudain il m'a semblé qu'elle ricanait plus fort – qu'elle triomphait : elle avait tout deviné. Je ne comptais pas la frapper. Encore une confirmation de ce qu'elle savait déjà – la preuve que j'étais un imbécile. Même pas capable de la frapper. Elle était là, tout à fait calme, et elle me regardait comme si elle voulait dire : Mais tu en as envie, n'est-ce pas ? Tu en as envie, mais tu n'oses pas. Tu es trop lâche. Tu ne peux pas. Tu ne sais rien faire. Tu n'es rien. Tu es un minable. Et alors je l'ai frappée.
Vlan.
C'était curieux. Le fait de la frapper m'a rendu tout à fait calme. J'ai de nouveau eu la tête claire. Je faisais durer les choses ; comme quand on mange un excellent gâteau par petites bouchées. Je la tenais et je frappais lentement, méthodiquement, avec mon poing – vlan, vlan, vlan – sur son ricanement. Son nez, ses yeux. Ses lèvres ont éclaté, ses dents se sont cassées, son nez s'est brisé. J'étais presque joyeux. C'était comme une création, comme une peinture : comme de recouvrir une toile blanche. Comme de découper de jolis motifs dans du papier, jusqu'à ce qu'il n'y ait plus de papier. Vlan. Vlan. Vlan. Ses lèvres, son nez, ses yeux, ses joues, son menton. J'avais une sorte de masse gluante entre les doigts, c'était poisseux, comme de la colle. Encore et encore et encore – je frappais tellement qu'à la fin on ne pouvait plus me distinguer – la distinguer. Son visage n'était plus qu'un masque ensanglanté. Alors je l'ai lâchée. Après je me suis reposé un moment. J'étais tout à fait détendu. Tout était si beau autour de moi ; c'était étrange. On aurait dit que je voyais pour le première fois comme c'était beau chez nous.

Silence.

ALLAN, *tendant l'oreille, attentif.* – Vous le sentez ? Il y a quelque chose... Vous le sentez ? Il y a quelque chose ici...

quelque chose dans l'air... Vous le sentez ? Respirez. Il y a bien quelque chose ? On dirait qu'il y a quelque chose... quelque chose... *(Il renonce.)* Peut-être pas. Peut-être qu'il n'y a rien. *(À Frank.)* Qu'en dis-tu ?

Frank se tait.

ALLAN. – Comment ça va ?

Frank ne répond pas.

ALLAN. – Comment ça va ? Comment te sens-tu ?

Frank se tortille.

ALLAN. – Tout va bien ?

Frank ne répond pas.

ALLAN. – Tu vas bien ?

FRANK, *avec impatience.* – Oui je vais bien.

ALLAN. – Sûr ?

FRANK. – Oui, sûr, je vais bien.

Allan le regarde attentivement.

FRANK. – Je vais bien.

ALLAN. – Quelque chose ne va pas ?

FRANK. – Qu'est-ce que ça serait ? Je vais bien.

Allan le regarde attentivement.

FRANK. – Tout va bien. Pourquoi tu me demandes ça ?

ALLAN, *le quittant du regard.* – Je me posais la question, c'est tout. Je me disais qu'il y avait peut-être quelque chose qui n'allait pas. Je pensais seulement que tu n'allais peut-être pas bien.

FRANK. – Moi ?

ALLAN. – Oublie. C'est ce qu'il ma semblé, c'est tout. Tu sais de quoi tu avais l'air ? Tu avais l'air d'une victime. Est-ce que tu es une victime ?

FRANK. – Qu'est-ce que tu veux dire ?

ALLAN. – Tu sais quand même ce que c'est qu'une victime.

FRANK. – Je ne suis pas une victime.

ALLAN. – Si tu n'es pas une victime – tu es quoi ?

Frank ne répond pas.

ALLAN. – Oublie. *(Il se fige.)* Vous le sentez ? C'est encore là... Quelque chose dans l'air... Quelqu'un le sent ? Respirez – concentrez-vous... Il y a quelque chose... Comme une odeur... Il y a quelque chose qui sent... Vous ne trouvez pas ? Il y a une odeur... légère... comme un souffle dans l'air... Vous ne trouvez pas ?

INGRID. – Moi je le sens...

ALLAN. – Tu le sens ? Et ça a quelle odeur ?

INGRID. – C'est comme un feu qui couve... ça sent le brûlé... il y a de la fumée... ça sent la fumée...

ALLAN. – Non, ce n'est pas ça. Ce n'est pas cette odeur-là que je sens. En réalité je ne sens aucune odeur. Je disais seulement que j'en sentais une. C'est fou ce qu'on peut s'imaginer. Si je dis que ça sent l'orange tout le monde va en sentir l'odeur. Vous ne sentez pas ? Ça sent l'orange. L'odeur un peu âcre de l'écorce, le parfum doux-amer et fruité de la pulpe. Tout le monde le sent. Une odeur d'orange.

EVA. – Je ne veux plus participer à tout ça.

ALLAN. – Tu ne veux pas ? Moi je crois que tu veux. Je crois même que tu en éprouves le besoin.

EVA. – De toute façon on n'y arrivera jamais.

ALLAN. – Pourquoi ? Raconte. Qu'est-ce que tu as fait ?

ARJA. – Tu nous pompes l'air – qu'est-ce que ça veut dire tout ça ? Ça commence à ressembler à – je ne sais même pas à quoi – une espèce d'interrogatoire. C'est de l'inquisition, c'est comme ça qu'on dit ?

ROGER. – Ou un jeu télé – Qui est le plus méchant ; gagnez un camping-car.

ALLAN. – Je me contente de poser des questions.

ROGER. – Il se contente de poser des questions.

EVA. – Je me suis fait avorter.

ROGER. – Elle s'est fait avorter.

ARJA. – Arrête de répéter – tu crois qu'on est sourds ?

ALLAN. – Arrêtez de gueuler, laissez-la raconter.

ROGER. – Il faut qu'on arrête de gueuler.

Arja lui lance un regard noir.

EVA. – Je me suis fait avorter.

ROGER. – Comme si on gueulait !

Arja lui lance un regard noir.
Mona pousse un soupir.

EVA. – Il y a longtemps... Mon Dieu j'ai l'air stupide... J'ai l'air stupide, je ne peux pas...

ALLAN. – Continue.

EVA. – Je n'ai pas l'air stupide ?

ALLAN. – Non tu n'as pas l'air stupide.

ARJA. – Mais si.

ALLAN. – Mais non.

EVA. – Tu en es sûr ?

MONA. – Elle va raconter ou pas ?

EVA. – Oui je me suis fait avorter parce que je ne me sentais pas assez mûre pour avoir un enfant. Je n'étais pas prête à assumer une telle responsabilité. C'était dégoûtant ... après je me suis sentie sale ; comme si on m'avait déchirée, évidée, retournée comme un gant. L'idée qu'ils avaient fouillé à l'intérieur de mon corps, qu'ils avaient tripoté ce qu'il y avait là-dedans... C'était comme s'ils avaient détruit quelque chose, ça me faisait mal – mon utérus était comme enflé, ça me brûlait, je saignais beaucoup. Du sang dans mes petites culottes... Les traces physiques étaient là

tout le temps, je ne pouvais pas ne pas y penser. Je ne faisais que pleurer. Les larmes coulaient toutes seules. Je pleurais pour un oui ou pour un non, je pouvais me mettre à pleurer sans raison. C'était le bouleversement physique je suppose – le corps s'était préparé à ça – à cette chose – et puis elle n'y était plus. Ils l'ont enlevée. Ça devait être hormonal ou quelque chose comme ça, je ne sais pas. Je ne faisais que pleurer...
– Mon Dieu, ce que j'ai l'air stupide...

ALLAN. – Continue.

EVA. – J'ai l'air d'une idiote.

ROGER. – Elle s'est fait avorter.

ARJA. – Après avoir couché à droite et à gauche.

INGRID. – Je veux m'en aller...

EVA. – Est-ce qu'il y en a parmi vous qui se sont fait avorter ?

ALLAN. – Taisez-vous maintenant.

ROGER. – Pourquoi ?

ALLAN. – Parce que je le dis.

MONA. – Toi ?

ALLAN. – Je le dis. *(À Eva.)* Tu t'es fait avorter...

EVA. – Plus tard je suis retombée enceinte... J'avais décidé que je ne me ferais plus jamais avorter alors j'ai gardé l'enfant. Mon mec m'avait quittée juste avant l'accouchement mais je l'ai quand même gardé. Il a dit qu'il ne pouvait plus me supporter – je n'ai pas compris ce que j'avais bien pu lui faire... Mais j'ai gardé l'enfant, même si j'allais être obligée de l'élever toute seule. Il y a plein de mères célibataires qui arrivent à se débrouiller. *(Elle regarde autour d'elle.)* Vous n'avez pas envie de m'écouter... *(Elle reprend son élan.)* Ils m'ont fait une césarienne, c'était un garçon. Le plus beau garçon du monde, il était si mignon. Il avait les yeux si grands. Les enfants ont toujours les yeux si grands – ou alors c'est leur visage qui est petit, je ne sais pas. C'est sans doute normal que les enfants aient de grands yeux. À cet âge-là on a envie d'être gentil avec eux. Ils sont si jolis, si attendrissants avec leurs grands yeux qui vous regardent. Ils ne font que vous regarder. Comme s'ils voulaient vous appeler. Il faut leur donner à manger, les laver, les habiller, les surveiller tout le temps. Ils mourraient sans leur maman. On dirait qu'ils le savent. « Je mourrais sans ma maman. » Ils sont si vulnérables. J'y pensais souvent : le bébé était si vulnérable, si faible – si petit et si fragile. J'y pensais parfois quand je le tenais – qu'il était si terriblement petit. Si petit. Je me sentais si grande en quelque sorte, mes mains me semblaient si dures quand je le touchais. C'était difficile d'imaginer que j'avais moi-même été aussi petite – ça paraissait incroyable. On aurait dit qu'il appartenait à une autre race. Si petit et si fragile, si doux. Si délicat. Je me disais qu'il pouvait si facilement lui arriver quelque chose – un accident ou quelque chose, je ne sais quoi. Qu'il suffirait de pas grand-chose pour qu'il se blesse, tellement il était fragile. Tellement il était délicat. Je me disais qu'un rien lui ferait mal. Si je ne le tenais pas bien, si je serrais trop fort ses petits doigts – si je lui tordais le bras sans m'en rendre compte. Son crâne était mou ; comme s'il n'y avait qu'une mince pellicule pour protéger son cerveau. Comme une bulle de peau qui pouvait éclater. Si jamais j'y faisais un trou avec mes ongles sans m'en rendre compte. Si jamais je le laissais tomber... Il était sans défense. Il était entièrement à ma merci. Si je ne faisais pas attention, si je me trompais – il pourrait mourir. C'est à ça que je pensais. Je me coupais les ongles, je le tenais aussi délicatement que possible. Je faisais attention où je mettais les pieds quand je le portais – il ne fallait pas que je trébuche. Parce qu'alors il pourrait se faire mal. Il me regardait avec ses grands yeux ; je ne voulais pas qu'il lui arrive quelque chose. Parfois j'avais si peur que je n'arrivais même pas à le soulever. Je le laissais dans son lit puis je me mettais plus

loin et je le regardais. Je l'observais. Je l'entendais crier ; pourquoi est-ce qu'il criait ? Est-ce que ça allait – ou est-ce que j'avais fait quelque chose qu'il ne fallait pas ? On aurait dit que je lui avais fait mal – mais c'était impossible. Je me disais qu'il souffrait peut-être de quelque chose qui ne se voyait pas – il me semblait qu'il criait souvent, comme s'il souffrait tout le temps alors qu'on ne voyait rien. Il était peut-être malade, même si je ne voyais rien. Il n'avait peut-être pas assez à manger – peut-être que c'était mon lait qui n'était pas bon. Si jamais il mourait tout d'un coup, comme ça, alors que je m'y attendais le moins. Je ne dormais pas, j'écoutais sa respiration. Je ne pouvais pas dormir, je n'osais pas – si jamais il s'arrêtait de respirer. Si jamais il s'arrêtait de respirer sans que je m'en rende compte. Sans que je puisse l'aider. Il fallait le surveiller. Il fallait veiller sur lui. Sinon il pourrait mourir. Il n'avait que moi. Tout reposait sur moi ; il était si petit, si fragile. Ses yeux suppliants. Il fallait s'occuper de lui. S'occuper de lui. S'occuper de lui. Si petit, si fragile. S'occuper de lui. Si petit. S'occuper de lui. Fragile. S'occuper de lui. Si petit. Petit, petit, petit. S'occuper de lui. Petit, petit, petit.
Il ne respire pas. Je suis devenue toute raide. Je ne bougeais pas. J'écoutais. Pas un bruit. L'enfant ne respirait pas. Je savais pourtant qu'il était là, à côté de mon lit. L'enfant était couché à côté de mon lit, mais il n'y avait pas un bruit dans la chambre. L'enfant ne respire pas. Ne respire pas. Je me suis levée d'un bond, j'ai allumé partout et je me suis penchée sur le lit d'enfant. L'enfant ne respirait pas. Je le fixais des yeux – il ne respire pas, comme un nœud dans ma poitrine, des fils résistants – il ne respire plus. Je le palpais, je le serrais, je le soulevais, je le secouais – il ne respire pas ! Il ne respire pas ! Je l'ai pris, j'ai couru dans la rue, en plein hiver, il neigeait, je n'avais pas de vêtements, pas de chaussures – il ne respire pas ! Je criais au secours – faites quelque chose, aidez-moi – je le tenais dans mes bras, c'était comme s'il était devenu une espèce de boule grise et informe comme de la pâte ou de l'argile

comme s'il avait commencé à se décomposer ou se dissoudre ou s'écouler entre mes mains comme un cadavre – aidez-moi ! L'enfant ne respire pas ! Alors il y a une bonne femme qui m'a demandé ce qui se passait – aidez-moi, j'ai crié, il meurt, il ne respire plus – elle a voulu me le prendre, mais je ne l'ai pas lâché. Il respire elle a dit – il ne respire pas ! Il respire – non – il respire – il ne respire pas. Elle a fini par héler un taxi qui nous a conduits à l'hôpital. Tout le monde disait qu'il respirait, mais je ne voulais pas le croire. Je ne sais pas pourquoi. Le docteur disait qu'il respirait, les infirmières disaient qu'il respirait – non il ne respire pas, je disais. Ils nous ont hospitalisés, ils ont fait plein d'examens – l'enfant est en parfaite santé disaient-ils. Il n'a rien. Il va très bien. À la fin j'ai quand même vu qu'il respirait. Il respirait très bien. Il criait. Il criait à m'en crever le tympan. On est restés quelques jours en observation puis ils nous ont renvoyés à la maison.
Après j'ai eu honte. Je n'ai pas compris ce qui s'était passé. Mais j'ai fait des efforts. J'ai fait attention. Et pendant très longtemps tout s'est bien passé – je l'aimais tellement. J'aurais tout fait pour lui, c'était mon enfant. Je le consolais quand il criait, je le dorlotais, je m'occupais bien de lui. Il n'avait que moi, il n'avait personne d'autre. Tout reposait sur moi. J'étais avec lui tout le temps, je ne faisais que rester avec lui. Je ne sortais presque jamais. C'était lui et moi.
Puis il s'est passé quelque chose. Je n'ai pas vraiment compris. J'allais l'habiller – il avait deux ans et demi. Il était debout devant moi, j'étais assise sur le lit avec ses vêtements. Il se tenait un peu raide, comme s'il avait froid – il était tout nu. Il soulevait les épaules ; elles paraissaient anguleuses, osseuses en quelque sorte quand il se tenait comme ça. Tu as froid ? j'ai demandé, mais il n'a pas réagi, comme s'il n'entendait pas – il avait l'air absent, ailleurs en quelque sorte. Tu as froid ? Pas de réponse. J'ai dit qu'on allait mettre le maillot de corps : allez, les bras en l'air. Mais il n'a pas bougé. Je lui ai pris

les bras, j'ai essayé de les soulever, je me suis dit que j'allais lui enfiler le maillot comme ça – mais oh – tout d'un coup il a eu un mouvement. Ça s'est passé si vite, je ne m'y attendais pas, c'était comme un spasme – comme s'il avait pris une décharge. J'ai eu peur. Je l'ai lâché. Qu'est-ce qu'il y a ? Tu ne veux pas mettre ton maillot ? Il ne répondait pas – viens ici – il ne bougeait pas. Je l'ai pris par les poignets, je me suis dit que j'allais essayer de nouveau, mais il n'y avait rien à faire ; il était si tendu, complètement bloqué, il résistait. J'ai essayé de tirer plus fort, de mieux l'attraper ; je savais bien que je pouvais forcer son petit bras sans aucun problème. Ce n'était qu'un bout d'os, une allumette, si délicat et fragile – nnnnnnnon – je l'ai de nouveau lâché. Son bras s'est rabattu contre son corps, s'est bloqué, d'un coup sec – comme un coup de fouet. Je me suis complètement raidie. J'ai pensé que j'avais trop forcé. Peut-être que je lui avais fait mal. Mais je ne croyais pas. Le garçon n'avait pas l'air d'avoir mal. Je lui ai demandé ce qui n'allait pas – tu ne veux pas mettre ton maillot ? Pas de réponse. Il ne faisait que regarder droit devant lui, il avait l'air absent – ou un peu maussade, empoté, je ne sais pas. Il ne réagissait pas. Je me suis dit qu'il avait peut-être peur. Il y avait peut-être quelque chose qui lui faisait peur, une chose à laquelle il pensait. Je me suis penchée en avant et je lui ai caressé les cheveux pour le calmer – puis j'ai arrêté de lui caresser les cheveux parce que ça m'a paru bizarre. J'ai eu un sentiment bizarre. J'ai eu le sentiment que ma main... qu'il y avait quelque chose qui n'allait pas avec ma main – je ne sais pas. J'étais inquiète tout d'un coup. Je ne savais pas quoi faire.
J'ai pensé que je voulais tellement être gentille avec le garçon – je voulais m'occuper de lui – est-ce qu'il ne pouvait pas me dire ce qui n'allait pas ? Est-ce qu'il ne pouvait pas me regarder ? Est-ce qu'il ne pouvait pas comprendre que j'étais là pour l'aider ? Je voulais l'aider mais il n'avait pas l'air de comprendre. On aurait dit qu'il me comprenait de travers. On aurait dit qu'il avait peur de moi.

Peur de moi ? Il avait peur de moi ? Pourquoi aurait-il peur de moi ? Est-ce que je n'étais pas sa maman ? J'étais sa maman. Je l'aimais et je le lui ai dit en lui caressant les épaules qui étaient tendues et anguleuses et de nouveau j'ai retiré ma main parce que ça m'a paru bizarre. On aurait dit que j'étais nerveuse.
J'ai pris une voix plus ferme et autoritaire, moins douce. Je lui ai dit qu'il fallait bien qu'il s'habille s'il ne voulait pas se promener tout nu toute la journée. Tous les enfants doivent s'habiller. Tous les autres enfants s'habillent. J'ai pris son maillot et je l'ai roulé pour mieux lui passer la tête dedans – voici le maillot j'ai dit pour qu'il soit prêt puis je l'ai présenté. Mais au moment où le maillot lui a touché les cheveux il a de nouveau eu un mouvement, il a levé le bras si rapidement que je n'ai rien vu – tout d'un coup sa main s'est agrippée au tissu puis sa tête s'est avancée entre ses épaules contre sa poitrine –nnnnnnnnon – il s'est arc-bouté – nnnnnnon – son bras formait un angle aigu, il ne voulait pas. J'ai essayé de lui faire lâcher prise mais son pouce était comme un hameçon accroché au maillot – tout son bras était comme un hameçon, il écartait les doigts, on aurait dit des tentacules, des excroissances dégoûtantes – nnnnnnnon ; cet espèce de rugissement sourd et furieux – sa tête roulait entre ses épaules comme si elle allait se dévisser. J'ai tiré plus fort pour lui faire lâcher prise mais il résistait, ne voulait pas, me griffait avec ses ongles comme des serres venimeuses qui me lacéraient, qui me déchiraient – je ne comprenais pas ce qui se passait – j'avais comme du brouillard dans la tête, des vagues, de la brume – puis soudain tout est devenu clair. Cristallin. De l'eau froide et cristalline partout. Tout se voyait distinctement. Je lui tenais le bras et comme si les couleurs étaient devenues plus nettes, plus pures, je me voyais lui casser lentement le bras. Crac. Il y a eu un craquement, un bruit sourd, ça faisait une masse humide d'os et de cartilages et de chair. Son petit bras fragile – je l'ai cassé si facilement. Maintenant je l'entendais hurler, mais ça ne me faisait rien

– je le voyais pleurer et donner des coups de pied, mais je le tenais fermement par l'autre bras. Puis je l'ai cassé aussi. D'abord au coude puis à l'épaule. Il y a eu le même craquement, comme un crépitement – on aurait dit des billes de verre sous l'eau. Tout paraissait si évident. Les doigts, l'un après l'autre. Ses doigts petits et souples – crac, crac, crac ; je les ai forcés en arrière jusqu'à faire péter l'os puis je les ai pressés contre le dos de la main. C'était si évident – jamais je n'avais eu la tête aussi claire. Je me sentais libre. Je me sentais efficace, rationnelle. Je faisais du bon travail.
Après lui avoir cassé tous les doigts je lui ai pris la tête. Elle bougeait de droite à gauche mais je la tenais des deux mains ; le crâne dans l'une et les joues et le menton dans l'autre. Je l'ai tournée tant que j'ai pu jusqu'à ce que je sente une résistance. Alors j'ai rassemblé toutes mes forces jusqu'à ce que sa nuque craque et que les vertèbres cèdent. J'ai continué à tourner jusqu'à ce que sa tête prenne une position qui me plaise. Puis je lui ai enfilé le maillot. C'était facile comme tout.

Silence.

EVA. – Mon Dieu... j'ai l'air stupide... je ne peux pas expliquer...

ROGER. – Elle ne peut pas expliquer.

EVA. – Tout a l'air stupide...

ROGER. – Tout a l'air stupide.

PETER. – On entend ce qu'elle dit. Arrête de répéter.

ROGER. – Comme ça on se réveille ? Je croyais qu'on t'avait dit de la fermer.

Peter regarde Roger.

ROGER. – Arrête de faire la gueule. Tu vas avoir des rides.

FRANK, *montrant Roger du doigt.* – Je trouve que c'est lui qui devrait se taire. Il ne prend pas ça au sérieux. Il a l'air de croire que c'est un jeu. Il ricane.

ROGER. – Je ricane.

PETER. – On a entendu.

ROGER. – Et toi, c'est quoi ton problème ? Tu t'es encore coincé la bite dans la fermeture éclair de ta braguette ? C'est très frustrant. On n'arrive plus à la sortir ni à la rentrer. Tu vois ? Il y a de quoi se faire du mouron.

ALLAN, *écoutant la conversation, puis rejoignant Roger tout en regardant Eva.* – Je peux te demander quelque chose... à quoi penses-tu quand tu regardes cette femme ?

ROGER. – À quoi je pense ?

ALLAN. – Penser... *(Désignant sa propre tête.)* Tu sais – penser.

ROGER. – Pourquoi je la regarderais ?

ALLAN. – Tu ne remarques rien ? Tu ne remarques rien de particulier ?

ROGER. – Qu'est-ce que ce serait ?

ALLAN. – Regarde-la. De toute manière tout le monde la regarde. Tout le monde. Qu'est-ce que vous voyez ? *(Tout le monde regarde Eva, mais personne ne répond.)* Si vous deviez la décrire en un mot – en un seul mot – qu'est-ce que vous diriez ?

INGRID. – Elle a l'air d'une petite souris.

FRANK. – C'est exactement ce que j'allais dire. Une sorte de rongeur. C'est drôle qu'on ait pensé la même chose.

Ingrid ne saisit pas la perche, détourne le regard.

ALLAN. – J'ai dit : un seul mot.

ROGER. – Ce que tu peux être chiant.

ALLAN. – Regarde-la. Regarde-la – tout le monde la regarde. Vous voyez comme elle sent que tout le monde la regarde ? À quoi croyez-vous qu'elle pense ? Pourquoi a-t-elle l'air si gênée ? *(Rejoignant Eva.)* Tout le monde te regarde – tu le sens ? Que crois-tu qu'ils voient ? Si tu devais expliquer en un seul mot ce qu'ils voient, que dirais-tu ?

MONA. – Laisse-la tranquille.

ALLAN. – Dis-le. Dis-le, que tout le monde t'entende.

MONA. – Laisse-la tranquille !

ALLAN. – Tu m'emmerdes.

MONA. – C'est toi qui m'emmerdes.

ROGER. – Voilà qu'ils s'emmerdent l'un l'autre.

PETER. – Arrête de répéter. Tu crois qu'on est sourds ?

ROGER. – Tu l'es ?

PETER. – Non.

ROGER. – Ah bon.

PETER. – Comment ?

ROGER. – Tu es sourd ?

PETER. – Non je te dis.

ROGER. – Ah bon je dis.

ALLAN. – Arrêtez de vous disputer.

ROGER. – On se dispute ?

ALLAN. – Arrêtez de vous engueuler.

ROGER. – On s'engueule ? *(À Peter.)* Il s'imagine qu'on s'engueule.

PETER. – J'ai entendu.

ROGER. – On s'engueule ? Là tu te mets le doigt dans les yeux.

ARJA. – Le doigt dans l'œil.

ROGER. – Le doigt dans le nez, le nez dans le caca, du caca dans la culotte.

FRANK. – Vous voyez comme il se moque de tout.

ALLAN, *à Roger.* – Tu prends ça à la légère, hein ?

ROGER. – Tu es un drôle de type.

ALLAN. – Ce n'est pas si grave, hein, N'est-ce pas ? *(Roger ouvre la bouche pour répondre, mais Allan l'interrompt.)* N'est-ce pas ? N'est-ce pas ? N'est-ce pas ? *(Par trois fois Roger se fait interrompre avant de répondre. Ainsi sa bouche s'ouvre et se ferme comme s'il mastiquait.)*

ROGER, *arrivant enfin à placer un mot.* – Et toi, qu'est-ce que tu as fait ?

ALLAN. – Je n'ai rien fait. Et toi ?

ROGER. – Je peux te raconter si tu veux. Ça me pose moins de problèmes qu'à certains. Ça ne me dérange pas.

FRANK. – Alors lâche le morceau.

ROGER. – Des activités sexuelles, si on peut dire.

ARJA. – J'aurais jamais cru ça.

FRANK. – Le salopard.

ROGER, *soudain énervé, à Frank.* – C'était comment de l'embrasser après ? Comme si tu collais tes lèvres sur de la chair à saucisse ?

ALLAN. – Qu'est-ce que tu veux dire par activités sexuelles – des viols ?

Roger fixe Frank des yeux jusqu'à ce que Frank détourne le regard.

ARJA. – Des cochoncetés.

ALLAN. – Explique-toi. Raconte.

ROGER. – Des activités sexuelles – de l'excitation sexuelle – une érection, quoi. *(Il remarque l'air gêné d'Eva. S'adressant à elle.)* Une é-rec-tion.

ARJA. – Tu vas me faire rougir.

INGRID. – Je veux m'en aller...

ALLAN. – Des viols, donc ?

ROGER. – Tu sais bien ce que ça veut dire, une érection ? C'est quand tu vois un joli cul ou de jolis nichons ou une belle bouche – quand tu vois ça il y a une partie de ton anatomie qui se dresse – si tu es normal je veux dire, mais peut-être que tu n'es pas normal – c'est à dire que tu bandes, mais peut-être que toi tu ne bandes jamais – et alors tu as envie de baiser et de jouir, mais peut-être que toi tu ne peux pas. Quand est-ce que tu as baisé pour la dernière fois ?

Allan ne répond pas.

ROGER. – Je me disais que ça devait faire un moment. Ça peut vous rendre bizarre.

ALLAN. – Où veux-tu en venir ?

ROGER. – Nulle part. Je ne fais que dire la vérité.

ALLAN. – Ce n'est pas parce que tu dis la vérité que tu es ici.

ROGER. – Laisse-moi t'expliquer... Si tu es un homme – et si tu es normal – tu regardes l'anatomie des femmes. C'est comme ça. On s'intéresse à ça, on n'y peut rien. C'est physique, la nature est faite comme ça. On est fait comme ça. Peu importe à qui appartient l'anatomie, ça peut être celle de ta maman, mais dans ce cas tu évites d'y penser – ça peut être celle de ta sœur, mais dans ce cas aussi tu évites d'y penser. Mais les pensées sont là. Par exemple, si tu changes les couches de ta fille, tu regardes son cul. Tu regardes sa fente. Tu ne peux pas faire autrement – ne serait-ce que pour des raisons pratiques. Et ça te fait de l'effet, c'est normal. Les hommes qui ont déjà changé les couches de leur fille savent de quoi je parle. Tu regardes et ça te fait de l'effet. Tu penses au cul et à la baise – même si tu ne veux pas. Parce que tu es un homme. Tu te demandes comment elle sera dans quelques années. Tu la laves, tu l'essuies – tu sens comment c'est sous les doigts. Tu ne peux pas faire autrement. Tu ne peux pas rendre tes doigts insensibles. Et d'une manière ou d'une autre ça te fait de l'effet – peut-être que tu ne t'en rends pas compte : ça te fait de l'effet inconsciemment. De sorte que tu essaies de penser à autre chose. Garder le contrôle, garder ses distances, se rendre insensible – des efforts comme ça. Les femmes ne peuvent pas comprendre – elles ne peuvent pas. Parce qu'elles ne sont pas des hommes. Ma femme n'a pas compris. J'étais dans la salle de bains avec la gamine, comme ça m'était déjà arrivé je ne sais combien de fois. Je la lavais, je lui essuyais le derrière, elle avait fait dans ses couches. Je l'essuyais avec les doigts, comme ça – et puis c'est arrivé malgré moi. Ça m'a fait de l'effet. Ça m'a pris comme ça, tout d'un coup, alors que ça ne m'était jamais arrivé jusque-là. Je me suis mis à bander. Je touchais le cul de la gamine et j'ai senti que ça commençait à m'exciter et des tas d'idées se sont mises à me traverser l'esprit – je n'arrivais plus à les contrôler. Je ne sais pas à quoi je pensais, à rien de particulier ; j'étais comme vide, et pourtant il y avait tout un tas d'images bizarres qui me traversaient. Impossible de les contrôler. Et c'est à ce moment-là que ma bonne femme est entrée. Elle était debout sur le seuil et elle me regardait. Elle voyait bien que je lavais le derrière de la gamine – puis elle a vu que je bandais. J'étais en caleçon pour ne pas me faire mouiller. Ça se voyait vachement. D'abord elle n'a fait que regarder – puis elle est devenue complètement folle. Complètement hystérique elle est devenue. Mais qu'est-ce que tu fais, elle a hurlé – quoi, j'ai dit. Mais qu'est-ce que tu fabriques ? Rien, j'ai dit. De toute façon je ne faisais rien – je ne faisais que laver le derrière de la gamine, c'était tout, exactement comme je faisais d'habitude. Elle me regardait, elle était toute rouge. Salaud, elle a dit – qu'est-ce que c'est que ça ? Salaud, elle a dit – puis elle a pris la gamine, elle l'a sortie de la baignoire, et elle a reculé, comme si j'allais la tuer – et tout le temps elle me regardait. J'étais là, je ne savais pas quoi faire. J'ai essayé d'expliquer mais elle n'a rien voulu entendre – j'avais l'air con : je ne savais pas comment la calmer. J'avais une de ces triques, pas moyen de débander. J'avais les mains pleines de savon. Ma bonne femme me regardait. La gamine s'est mise à crier. Elle dégoulinait. Tu es complètement cinglé ? Comment ? Tu es cinglé ou quoi ?... Comment ? Comment, comment – c'est tout ce que j'ai trouvé à dire. Tu lui tripotes le cul, à la gamine ?

Non. Tu lui tripotes le cul ? Je la lavais, j'ai dit. Tu es là à t'exciter ? Tu es cinglé ou quoi ? Mais qu'est-ce que tu as ? Je n'ai rien trouvé à répondre. Tu es là à t'exciter – moi m'exciter ? Tu t'excites, tu lui mets ton doigt dans le cul, à la gamine et tu t'excites – tu es cinglé ou quoi ? Je n'ai rien trouvé à répondre. La gamine hurlait. J'avais les mains pleines de savon. Mais qu'est-ce que tu fabriques ? Encore heureux que je sois entrée, sinon Dieu sait ce qui aurait pu arriver. Rien ne serait arrivé, j'ai dit. Le salaud est là à lui tripoter le cul, à la gamine, et ça le fait bander – t'es pervers, voilà ce que t'es : pervers. Pervers, pervers – t'es un salaud de pervers. Per-vers. Les culs, ça te fait bander ? Hein ? T'es pédé ? C'est ça ? C'est ça que tu es – pédé ? Tu dois être homosexuel – mais là je me suis mis en rogne. Ta gueule, j'ai dit, t'es folle, complètement hystérique – t'as besoin de voir un psy, t'es malade, complètement névrosée – tu hallucines, tu hallucines complètement, t'es complètement parano. J'ai bien vu, elle a dit, j'ai vu ce que tu faisais – tu crois que je n'ai pas vu ? Tu n'as rien vu – je ne bandais plus – voilà ce que tu as vu : rien du tout – tu hallucines, tu inventes – mais calme-toi, tu fais peur à la gamine – la gamine hurlait – calme-toi, merde. J'ai mis des heures à la calmer – elle voulait aller voir les flics et Dieu sait quoi. Mais à la fin elle s'est calmée. De toute façon il ne s'était rien passé, je n'avais rien fait. Il ne lui était rien arrivé, à la gamine. Mais après elle est devenue méfiante – j'avais à peine le droit de toucher la gamine quand elle n'était pas là. Comme si elle tenait à ce que j'aie mauvaise conscience. Mais pourquoi ? Qu'est-ce que j'avais fait ? J'avais eu une érection. Et alors ? On peut en avoir dans le bus, au boulot – n'importe où. Il n'y a pas de raison de se sentir coupable. Ce sont des choses qui arrivent.

Plus tard elle a voulu travailler. Quand la gamine a commencé à grandir. On avait du mal à joindre les deux bouts. Elle a trouvé un boulot de femme de ménage le soir pour pouvoir être avec la gamine dans la journée – moi je devais

m'en occuper le soir. Elle ne rentrait que vers les onze heures – minuit. C'était franchement chiant ; j'étais obligé de rester à la maison. Je ne pouvais aller nulle part – il aurait fallu que je trouve quelqu'un pour la garder, mais qui a envie de garder une gamine ? Je ne pouvais pas aller prendre une bière, je ne pouvais pas aller au cinéma, le bowling ce n'était même pas la peine d'y penser. La déprime totale. Que faire quand on n'a rien à faire ? Jouer avec la gamine, regarder la télé, louer une cassette vidéo, lire le journal. Oui, que faire ?
Je ne sais pas mais j'avais dû boire un verre ou deux – pas plus. Je sortais de la salle de bains, j'étais allongé sur le lit, je regardais le plafond. Et voilà que la gamine entre et qu'elle se met à sautiller sur le lit. Arrête, j'ai dit, mais elle n'a rien voulu entendre. Arrête, papa est fatigué – non, elle a dit. Papa n'est pas fatigué du tout. Vous savez comment ils sont, les mômes ; pas moyen de leur faire entendre raison. Papa n'est pas fatigué elle a dit puis elle s'est assise sur moi. À califourchon sur mon ventre. Papa est fatigué j'ai dit – papa n'est pas fatigué, pas fatigué, pas fatigué ; vous savez comment ils sont. Elle sautillait ou plutôt elle faisait des ruades comme un cheval en tapant des mains sur mon poitrail. Elle glissait en avant puis en arrière et elle a fini par toucher... là-bas... avec son cul. Et moi j'étais allongé. Je sentais sa peau douce d'enfant, ses fesses souples, je les sentais frotter contre le gland et repousser le prépuce. Je regardais fixement le plafond, mais il était tout blanc et rien ne retenait mon regard. Et mon regard s'est retourné à l'intérieur de moi en quelque sorte. La gamine gloussait. Elle faisait des ruades. Elle glissait. Elle se frottait contre mon entrejambes. Ça me faisait de l'effet. Je l'ai sentie se durcir, le sang affluait. Elle enflait. Elle bougeait. J'avais perdu le contrôle, je n'y pouvais rien. Elle grossissait – il n'y avait rien à faire. La gamine frottait son cul contre ma bite, elle se frottait contre le gland. À la fin elle s'est rendu compte de quelque chose. Qu'est-ce que c'est ? elle a dit. Qu'est-ce que tu fais papa ? C'est un

manche, j'ai dit. Je ne sais pas pourquoi j'ai dit ça – c'était complètement idiot – c'est un manche – je ne pouvais pas m'en empêcher. Non, a dit la gamine. Bien sûr que si – non – si. Prends-le dans ta main, tu verras. C'était complètement ridicule – mais je ne pouvais pas m'empêcher de le dire. Prends-le dans ta main. Fais-le, tu verras – fais-le. Et elle l'a fait. Elle a pris ma bite dans sa petite main et elle a serré un peu. Elle gloussait. Ce n'est pas un manche elle a dit. Si. Ça faisait presque mal, tellement elle était dure. Serre plus fort – comme ça oui, tu vois ? Je rougissais presque, tellement je me sentais stupide – mais je ne pouvais pas arrêter. On peut bouger la main j'ai dit – comme ça – c'est bien. Je ne pouvais pas arrêter, je transpirais presque – impossible de me contrôler. Je regardais sa petite main blanche qui faisait bouger le prépuce – la gamine gloussait – je voyais sa petite bouche devant le gland, ses petites dents blanches. Ses lèvres. Il y avait comme un trou dans ma tête ; les images s'y précipitaient. Je n'étais plus moi-même, je ne me contrôlais plus, je n'avais pas la moindre chance ; je ne savais plus ce que je faisais – comme si tous les barrages avaient cédé. Il fallait que ça sorte, il fallait que ça sorte. En fait c'est un marteau, non une sucette, du caramel, une glace – je ne me rappelle pas ce que j'ai dit. Quelque chose de ce genre. Quand on lèche c'est bon. Ma voix était pâteuse. Ses petites dents blanches, ses lèvres. Si tu la prends dans ta bouche tu verras comme c'est bon. Je l'ai prise par la nuque et j'ai pressé sa bouche contre le gland. Mais du coup elle ne voulait plus, on aurait dit que ça la dégoûtait. Elle se dérobait. Je ne pouvais plus arrêter. C'était trop tard. Je la tenais par la nuque et je l'enfonçais dans sa bouche, je lui tenais la tête des deux mains et j'allais et venais entre ses lèvres – j'allais et venais entre ses lèvres, j'allais et venais, j'allais et venais – je ne pouvais pas m'arrêter – j'allais et venais entre ses lèvres – pan ! j'ai lâché la purée, j'ai explosé, ça n'arrêtait pas, ça venait par vagues. Le foutre lui coulait sur le menton. Elle a toussé, elle a manqué de s'étouffer. Je l'ai

emmenée à la salle de bains pour qu'elle se nettoie.
Elle n'a rien dit. Ma femme n'a rien su. Je ne crois pas en tout cas. Moi-même j'ai essayé de tout oublier – j'évitais d'y penser, je n'y ai pas pensé pendant je ne sais combien de temps. Pas consciemment en tout cas. Mais c'était tout le temps là. Continuellement. Ça pouvait surgir tout d'un coup quand on baisait, ma femme et moi : ses lèvres, sa petite main, ses fesses souples. Je ne disais rien bien sûr, mais je m'apercevais que j'y pensais de plus en plus – quand on baisait. Comme si je ne pouvais pas jouir si je n'y pensais pas. Ça n'avait rien à voir avec ma femme, ça se passait bien entre nous au lit, mais j'ai quand même eu le sentiment que c'était – je ne sais pas – ennuyeux. Triste. Toujours pareil. Je pensais à sa bouche qui gloussait – quand je jouissais je pensais au foutre qui coulait sur son menton. Je devenais fou – je ne savais pas quoi faire – il fallait que je goûte encore à ça – que je retrouve cette sensation. Cette explosion. C'était comme une drogue. Il m'en fallait encore. C'était comme des braises à l'intérieur de ma tête. Ça couvait. Ça brûlait là-dedans. Quand je l'aidais à faire ses devoirs. À table, quand je voyais ses petits seins, ses lèvres, ses jambes minces. Je la regardais quand elle sortait de la salle de bains, je sentais l'odeur de ses cheveux qu'elle venait de laver. J'allais lui dire bonne nuit dans sa chambre, je la voyais dans sa chemise de nuit. Son jeune corps souple. Je prenais des bains sans arrêt, je me baladais à poil. Je la touchais, je la frôlais.
Puis ma femme s'est retrouvée à l'hôpital. Elle avait une valvule foutue, il a fallu l'opérer. La gamine et moi on s'est retrouvés seuls. Elle et moi. J'étais complètement surexcité, plus excité encore maintenant que ma bonne femme n'était pas là. Je veillais à être là quand la gamine rentrait de l'école, j'essayais de l'empêcher de sortir. J'avais la tête en feu. À la fin, un soir je suis allé dans sa chambre. Je savais qu'elle venait de se déshabiller, elle était assise sur le lit. Je bandais déjà en entrant. Prends-la dans ta bouche j'ai dit. Prends-la dans ta bouche. Et elle a fait ce que j'ai

dit, sans un mot, elle m'a même ouvert la braguette. J'en étais étonné. Elle s'est allongée sans que je le lui demande et elle a écarté les jambes. Qu'est-ce que c'était beau. Elle n'a pas dit un mot. Comme si elle était devenue muette. Je lui ai mis un doigt dans le sexe, je l'ai bougé un peu. Puis je l'ai pénétrée.
Je l'ai prise tous les soirs jusqu'au retour de ma femme – et jamais elle n'a rien dit, jamais. C'était étrange. Ma femme n'a rien su. Elle se doutait peut-être de quelque chose, je ne sais pas, mais elle n'a rien dit. Elle n'a jamais eu de preuves. Plus tard je me suis suicidé.

Silence.

ALLAN. – Plus tard tu t'es suicidé ?

ROGER. – La gamine s'est suicidée.

ALLAN. – Tu as dit que tu t'étais suicidé.

ROGER. – La gamine. Elle s'est pendue.

ALLAN. – Ce n'est pas ce que tu as dit.

ROGER. – Tu fais drôlement attention aux mots.

ALLAN. – Pas du tout. Je voulais seulement te faire préciser. Ça ne me paraissait pas très clair. C'était comme s'il manquait quelque chose – comme si tu gardais quelque chose pour toi. Tu ne disais pas tout. Dis le reste maintenant.

Roger ne répond pas.

ALLAN. – Tu as fini ? Tu n'as rien à ajouter ? Tout le monde a compris ? Personne ne trouve qu'il manque quelque chose ? *(Personne ne répond.)* Moi je trouve qu'il manque quelque chose. C'est très précis, il y a plein de détails – mais il manque quelque chose – vous ne vous rendez pas compte ? On ne comprend pas vraiment ; on attend comme une ouverture. On voudrait avoir ce sentiment de transfiguration *(il fait claquer ses doigts)* ; voilà, ça devient clair, c'est comme ça. Vous ne sentez pas ça ?

PETER. – C'est toujours pareil. Tu n'y arrives pas – c'est exactement comme la dernière fois.

ALLAN. – Ce n'est pas pareil. C'est différent cette fois-ci. Tu ne vois pas ?

PETER. – Ça me semble pareil.

ALLAN. – C'est différent. Moins terre-à-terre.

ARJA. – Moins quoi ?

ALLAN. – Terre-à-terre.

PETER. – Tu as de ces mots.

ARJA. – Il se prend pour un poète.

ROGER. – Il doit l'être, puisqu'on ne comprend rien à ce qu'il dit.

MONA. – Il essaie d'être intelligent, c'est tout. Il croit savoir comment les gens fonctionnent – il essaie de ruser pour amener les gens à dire ce qu'ils ne veulent pas dire.

ARJA. – Elle est bien placée pour parler, celle-là, avec sa licence de lettres.

MONA, *à Arja.* – Tu sais quoi ? Tu as des chaussures du tonnerre. Superbes, vraiment, j'aimerais bien trouver les mêmes. Où est-ce que tu les as achetées ?

Arja regarde Mona ; elle ne peut pas répondre à son compliment puisque ça lui ferait perdre la face. Elle détourne les yeux – elle est sur le point de regarder ses chaussures, mais bien entendu elle ne le fait pas.

ALLAN, *à Mona.* – Je peux te demander quelques chose ? Qu'est-ce que tu entends par « dire ce qu'ils ne veulent pas dire » ? Qu'est-ce que tu entends par là ? Qu'est-ce que tu dis quand tu dis ce que tu ne veux pas dire ? Je voudrais que tout le monde écoute bien ce qu'elle va répondre – vous allez tous faire attention et écouter. – Réponds à ma question. Tout le monde t'écoute. Tu en as de la chance.

FRANK, *avant que Mona ne puisse répondre.* – On ne pourrait pas arrêter ? Faire une pause, au moins ? Ça fait si longtemps maintenant, je ne supporte plus ces interrogatoires.

ALLAN. – Ce ne sont pas des interrogatoires. Je me contente de poser des questions.

INGRID, *l'air absente :*

Intrigué par la chose il se penche pour voir.
Mais son vice le perd : on lui tranche le cou.

ROGER. – Mais qu'est-ce que tu as ? Tu poses des questions bizarres. Tu t'éloignes du sujet.

EVA. – Il est nerveux. Je trouve qu'il a l'air nerveux.

ALLAN. – Je ne suis pas nerveux. *(Il regarde Eva.)* Je ne suis pas nerveux.

EVA. – J'avais l'impression.

ALLAN. – Je ne le suis pas.

EVA. – J'ai dû me tromper alors.

ALLAN. – Et toi, tu es nerveuse ?

EVA. – J'ai dû me tromper.

ALLAN. – Toi, tu es nerveuse ?

Eva ne répond pas.

ALLAN. – Tu as l'air nerveuse – vous le voyez ? Regardez-la. N'est-ce pas qu'elle a l'air nerveuse ? Qu'est-ce qui t'inquiète ? Raconte. Dis-le, que tout le monde t'entende – peut-être que ça te soulagera.

Eva ne répond pas.

PETER. – Ça ne marche pas. Tu n'y arrives pas.

ALLAN. – La ferme !

INGRID. – Je veux m'en aller.

PETER. – Tu ne peux pas.

ALLAN, *à Ingrid.* – Pourquoi ?

INGRID. – Je veux rentrer chez moi...

ALLAN. – C'est où, chez toi ?

PETER. – Tu ne maîtrises pas les choses.

ALLAN. – La ferme !

PETER. – Ne hurle pas.

ALLAN. – C'est à elle que je parle.

PETER. – Moi c'est à toi que je parle.

ALLAN. – Mais moi je ne te parle pas. – Pourquoi veux-tu rentrer chez toi ?

ROGER. – Tu ne te plais pas ici ?

INGRID. – J'ai froid.

ROGER. – Elle a froid.

ARJA. – On a entendu.

ALLAN. – Et c'est où, chez toi ?

INGRID. – Il y a tellement de chez-soi. Il y en a partout. Tous les endroits sont des chez-soi. Partout il y a des objets qui sont chez eux. Chaque objet a un endroit à lui. Chaque objet est chez lui quelque part – il y a tellement de chez-soi – tellement d'yeux qui regardent – partout il y a des yeux qui regardent celui qui sort de chez lui. Il y a toujours des yeux qui vous regardent – sauf quand vous êtes chez vous. Non, quand vous êtes chez vous aussi. Je suis chez moi et il y a quelqu'un qui me regarde – il y a un regard – c'est mon regard. Je me regarde, mais ce n'est pas vraiment moi qui regarde. Dans mon regard il y a le regard de quelqu'un d'autre – d'un étranger. Il y a un étranger qui me regarde à travers mes yeux, quelqu'un que je ne connais pas. Je vais jusqu'à la glace et je regarde. Je me vois – mais il y a le regard de quelqu'un d'autre dans mon regard : quelque chose que je ne connais pas me fixe des yeux. Je me touche le visage, je pose mes mains comme ça, et c'est comme du caoutchouc – malléable comme de l'argile ou de la matière plastique fondue. Quand je bouge les mains, mon visage change – je fais comme ça et mon visage se transforme. Ça devient quelqu'un d'autre. Puis quelqu'un d'autre encore, différentes personnes. Plusieurs. Puis je remets tout en place et à la fin j'ai de nouveau l'air d'être moi-même.

Silence.

Allan. – Et que penses-tu de toi-même quand tu te regardes dans la glace ? De quoi as-tu l'air ?

Mona. – Comment veux-tu qu'elle pense quoi que ce soit d'elle-même ? Elle ne sait même pas qui elle est.

Roger. – Ça doit être bien d'avoir de la compagnie tout le temps. Elle est toujours avec une autre elle-même.

Allan, *agacé de se faire interrompre, à Roger.* – Tu sais que tu as un vrai talent comique ? Tu es un humoriste, tu es sacrément doué. On s'esclaffe rien qu'à te regarder. Parce qu'il n'y a rien chez toi qu'on puisse prendre au sérieux. *(Il lui jette un regard assassin, puis se tourne vers Ingrid.)* Continue. Raconte. Reprends depuis le début. Mais dis les choses comme elles sont vraiment cette fois-ci.

Ingrid. – Je me retourne. Où suis-je ? Je ne m'en souviens pas. Quelle heure est-il ? Je ne m'en souviens pas non plus. Il doit être tard, tout le monde dort sauf moi. Il fait nuit noire partout, mais j'ai une bougie : c'est la seule lumière que j'allume le soir. La flamme vacille, il y a des ombres partout, des ombres qui bougent – je pense souvent à ces ombres. On dirait qu'elles sont vivantes, qu'elles existent dans un monde différent du nôtre. Je me demande si les ombres sont là dans la journée aussi. Ne t'occupe pas de ça dit quelqu'un – tu n'as rien à faire, tu penses trop ; fais quelque chose plutôt. Qui disait ça ? Je ne m'en souviens pas. La porte de ma chambre est fermée, je suis totalement seule, comme si j'étais sous terre – tellement c'est silencieux. Je regarde la bougie – je sais que je fais ça souvent – je regarde la flamme, longtemps, je la fixe des yeux. On dirait du sang, un feu de l'amour qui fait disparaître le goût d'amertume, elle est pure et chaude, elle est si belle, si brillante. Voilà ce que je pense. Dans la maison tout le monde dort sauf moi qui veille ; et quand j'y pense on dirait que la flamme grandit. La lumière devient plus forte, plus brillante, elle enfle, elle enfle, elle enfle – et soudain elle

s'approche de moi, si grande – je suis dedans – la flamme m'enveloppe, mais je ne brûle pas. Je ne brûle pas encore. Pas encore. Pas encore. Juste un peu. Que se passe-t-il ? Je ne sais pas. Ça me fait mal maintenant, je suffoque – il n'y a plus d'air, il fait si chaud, mais je suis chez moi – que se passe-t-il ? Soudain je ne suis plus à l'intérieur de la flamme. Je ne suis plus dans ma chambre. Je ne suis plus dans la maison. Je suis dehors. Je suis loin et je regarde la maison qui brûle. C'est une grande maison, blanche comme un presbytère. Le feu fait rage, crépite, gronde – tonne. Rouge sang. Partout il fait nuit noire sauf là où ça brûle. La chaleur me frappe de plein fouet alors que je suis loin. Les flammes jaillissent des fenêtres, comme si elles voulaient m'attraper. Quelqu'un crie – qui est-ce ? Moi ? Quelqu'un crie mais je ne peux pas m'approcher car le feu est si immense et je suis si petite. Quelqu'un me prend par le bras et me guide jusqu'à l'obscurité et il fait froid. J'ai l'impression d'être nue.
Il y a tant de bonté en ce monde. Dieu parle dans ton cœur. Quelqu'un a dit ça, voilà ce que je pense. Des voix murmurent à l'intérieur de moi tout le temps, mais je n'arrive pas à saisir ce qu'elles disent. J'erre ici et là, je ne sais pas où je suis, je ne fais que me promener sans but, la nuit surtout – je ne veux pas qu'on me voie errer sans avoir nulle part où aller. Ces yeux – accusateurs, pleins de reproches – regardez-la. Mais regardez-la.
Des voix autour de moi – des voix qui sortent des murs – ce sont les voisins. Tous les soirs je les entends – ils rient – ils rient fort comme si c'était de moi qu'ils riaient. Je peux presque les entendre quand ils s'embrassent. Ils font couler de l'eau, ils tirent la chasse, déplacent des chaises qui raclent le sol. La télé est allumée, on entend les notes de basse d'une musique quelconque. Ils crient, ils s'engueulent – tu m'aimes ? – j'entends chaque mot. Quelqu'un pleure. Puis ils se rabibochent, ils rient de nouveau – je sais qu'ils s'embrassent. Je sais qu'ils m'écoutent les écouter. Mais je marche à pas de loup – personne ne doit savoir que

je suis là. Personne ne doit savoir ce que je fais. Qu'est-ce que je fais ? Je marche à pas de loup. J'écoute. Ils ne me laissent pas en paix, pourquoi est-ce qu'on ne peut pas me laisser en paix ? Je tombe sur eux dans l'escalier, dans la rue, à l'épicerie ; je ne sais pas si c'est un hasard. Ils me suivent pour savoir ce que je fais. Mais je ne fais rien. Rien du tout. Rien que pour ça on dirait qu'ils me trouvent bizarre, ils écoutent devant la porte avant d'ouvrir et de rentrer chez eux. On dirait parfois que des projecteurs éclairent ma chambre – de longs faisceaux de lumière bleue – des projecteurs qui cherchent quelque chose. C'est ma tête qu'ils cherchent. On dirait qu'ils sont commandés par quelqu'un derrière le mur – par les voisins. Ça murmure à l'intérieur de moi tout le temps, j'ai des picotements dans tout le corps ; la chambre entière est comme un champ électrique. Les voisins rient – ils rient, ils rient là-dedans – de quoi est-ce qu'ils rient ? Ils se font des plaisanteries ? Comment peuvent-ils rire comme ça ? Ça résonne comme dans une boîte, d'un bruit dur et métallique – on dirait un immense haut-parleur qui grésille – ne riez pas. C'est comme s'ils étaient là dans ma chambre, à côté de moi dans ma chambre – ils me rient dans l'oreille, dans ma tête. C'est comme ça que je le ressens.
Après, qu'est-ce qui se passe ? Je ne sais pas. Soudain je me sens si forte – je sens que j'ai du pouvoir. J'ai du pouvoir entre mes mains. Soudain je me dis que je peux modifier le cours des choses. Je peux mettre de l'ordre dans les choses. Quelqu'un me le dit et je sais que c'est vrai. Je peux décider. Je peux nettoyer autour de moi – purifier l'air et trouver la paix.
Je monte jusqu'au grenier et j'allume la bougie. Le feu de l'amour fait disparaître le goût d'amertume. Il y a plein de petits réduits, de longs couloirs avec des cloisons en bois brut et du grillage. Je suis seule là-haut. L'air est irrespirable sous les combles, ça sent la poussière et le bois sec. Je répands deux litres d'alcool à brûler sur le plancher. Je frotte une allumette et la jette sur l'alcool à brûler. Ça prend

tout de suite – fsssss – comme un sifflement. Je reste un moment à regarder les flammes s'élever, la chaleur monte – à quoi je pense ? Je ne sais pas. Je regarde le feu, je ne peux pas m'en détacher. J'ai l'impression d'avoir rencontré un ami – le feu est sauvage mais c'est mon ami – c'est moi qui l'ai fait venir. Il me brûle presque, tellement je m'attarde. Quelqu'un rit – le rire est juste à côté de moi : c'est moi qui ris. Je m'en vais, je sors dans la rue, je ne cesse de rire. Le ciel commence à rougir. La fumée ressemble à une haleine grise.

Nous nous fréquentons assidûment. J'attends devant les portes cochères jusqu'à ce que quelqu'un ouvre. Vous entrez ? Oui, j'ai oublié ma clé. Je monte jusqu'au grenier et je répands l'alcool à brûler. J'apprends vite quels sont les meilleurs endroits. Puis je jette une allumette sur l'alcool – non, pas encore. Je la jette à côté. Je joue. C'est encore moi qui décide. J'en jette de plus en plus près. Pas encore. Attendre, attendre. Je ris – je m'excite – je ris – tu prends celle-là ? Non. La prochaine ? Non. De plus en plus près – puis j'allume. Le feu prend. Je regarde briller les flammes aussi longtemps que je peux – parfois elles m'attrapent presque, le feu s'élève sauvagement et tend ses longs bras brûlants vers moi. Il est si beau, si brillant. Il enfle. Je regarde, je ris – puis je dois m'en aller. Après, ce n'est plus moi qui décide.

Je ne sais pas où je suis. Je suis assise sur un banc dans un parc, je sais que je suis souvent assise là. Il y a plein d'enfants autour de moi, ils jouent, c'est un terrain de jeu. Je regarde les enfants, j'écris dans un cahier que je tiens sur mes genoux. J'écris ce que font les enfants, je cherche à savoir leur nom et leur âge – je note tout. Il y a des enfants que je préfère aux autres et je suis particulièrement attentive à ces enfants-là. Je les étudie, je remarque tout ce qu'ils font, je les suis. Il y a deux enfants surtout que j'aime beaucoup – un garçon et une fille. Je ne sais pas pourquoi je me suis attachée à eux – mais je m'y suis attachée. Ils sont si beaux. Leur maman est parfois assise sur le banc à côté de moi ; je lui pose des tas de questions et je note ses réponses quand elle ne me voit pas. Je sais beaucoup de choses sur eux. Je sais où ils habitent. Ils habitent dans une villa avec un jardin. La villa est blanche. Le soir je vais souvent jusqu'à la villa et je les regarde à travers les fenêtres. Je vois les enfants manger, je les vois regarder la télé, je sais quand ils sortent et quand ils rentrent et quand ils se couchent. Tout ça, je le note. À la fin je sais des tas de choses. C'est comme si je savais tout d'eux – comme si je faisais partie de la famille. Je suis leurs moindres faits et gestes à travers les fenêtres. Les enfants sont si beaux. Je voudrais tellement les aider. Je voudrais les tuer pour les aider à atteindre la béatitude. Laissez venir à moi les petits enfants car le royaume des cieux leur appartient – Dieu parle dans ton cœur – tant de bonté – voilà ce que murmurent les voix à l'intérieur de moi. Je dois aider les enfants. L'air ondule autour de moi, il semble plein d'électricité. Je rôde autour de la villa. Je vois les enfants, la maman, je vois le papa rentrer. Il met sa voiture dans le garage. La maman prépare le dîner, les enfants jouent – ils embêtent la maman et elle est obligée de les gronder, et pourtant elle rit. Le papa entre et les enfants se précipitent vers lui. Ils fouillent dans ses poches mais ne trouvent rien – pas aujourd'hui. Parfois il y cache des choses mais il sait bien que les enfants les trouveront. Ça, je le sais. Je l'ai noté. Puis ils dînent. Je regarde à travers la fenêtre de la cuisine. Le garçon boit deux verres de lait, comme d'habitude – je sais exactement ce qu'il aime et ce qu'il n'aime pas. Il se fait tard et la nuit tombe, mais ça ne fait rien. Les enfants vont se coucher. Je sais quand ils se déshabillent, quand ils ont l'habitude d'éteindre – tout ça je le sais. Ils sont si beaux dans leurs pyjamas qui ont l'air chauds et agréables. Le garçon en a un bleu avec des motifs, celui de la fille est rose. Ils viennent d'être lavés, j'ai vu la maman les sortir de l'armoire. Le papa et la maman restent un peu avec eux, ils les bordent, le papa tapote les oreillers. Puis ils éteignent et reviennent au salon. La télé est allumée. Je les vois s'embrasser sur la bouche.

À la fin il n'y a plus de lumière dans la maison, il n'y a plus que des ombres autour de moi. Elles ont l'air de vivre – mais dans un monde différent du nôtre. Je vais jusqu'à la façade de la maison qui donne sur la rue, jusqu'à la porte d'entrée. Puis je verse trois litres d'essence dans la fente pour le courrier. J'en répands cinq autres litres sur la porte d'entrée et un peu partout, sur les murs, dans tous les interstices. Je mets du papier journal partout. Puis j'allume. Je tremble de tout mon corps, je suis obligée de serrer les dents pour ne pas éclater de rire. Les flammes s'élèvent autour de la porte. Je suis comme pétrifiée. J'entends le feu gronder dans l'entrée – fooooosch. Ça brûle de l'autre côté de la porte. Le feu enfle, enfle – l'ami est là – les flammes lèchent, s'enroulent, elles sont si belles, si brillantes. Elles brûlent, elles consument, c'est moi qui décide – elles s'élancent vers le jardin et la cuisine flambe et les vitres explosent et les éclats de verre pleuvent. Le feu gagne toutes les pièces et il s'élance de la maison comme s'il voulait m'attraper. Il me désire, il me cherche – je m'approche – quelqu'un crie – plus près – quelqu'un crie, hurle de panique mais je ne peux pas y aller car le feu est si immense et je suis si petite. Je tremble de tout mon corps – pourquoi je tremble ? Parce que je ris. Je me suis éloignée maintenant, je suis dans la rue, mais la chaleur m'atteint toujours. Je me sens heureuse. Ça résonne dans ma tête, il y a des cris stridents dans ma tête, la voix des enfants toujours et encore. Je pense à quoi ? Je ne sais pas, ça murmure à l'intérieur de moi. Je leur fais don du feu, du sang, de l'ardeur – de la bonté. Je leur donne mon bonheur en partage. Voilà ce que je pense.

Silence.

ALLAN. – Je ne t'avais pas dit de raconter les choses comme elles étaient vraiment ? Comme elles étaient vraiment. Pourquoi ne le fais-tu pas ? Tu n'as pas eu le temps d'y réfléchir depuis la dernière fois ?

Ingrid ne répond pas.

ALLAN. – Personne n'en a été capable ? D'y réfléchir – personne n'est capable de se creuser la tête ?

ROGER. – Pour ça, on a toi.

ARJA. – Y a aussi la blonde là-bas avec ses fringues chicos et sa licence de lettres. Elle doit bien être capable de réfléchir, elle.

Frank s'essuie le front.

ALLAN, *remarquant le geste de Frank.* – Vous ne trouvez pas qu'il fait froid ici ? Il y a un courant d'air. Moi je me gèle. *(À Frank.)* Il fait assez frais, n'est-ce pas ?

FRANK. – Je ne sais pas.

ALLAN. – Il fait un peu frisquet, tu ne trouves pas ?

Frank ne répond pas.

ALLAN. – Non, et d'ailleurs tu transpires.

FRANK. – Je ne transpire pas.

ALLAN. – Tu as le front tout luisant, ça brille. Tu as des gouttes de transpiration sur la lèvre supérieure.

FRANK, *s'essuyant vivement la bouche.* – Pas du tout.

ALLAN. – Tu viens de t'essuyer. Tu trouves qu'il fait chaud ici ?

FRANK. – Pas particulièrement.

ALLAN. – Pourquoi tu transpires alors ? Tu es tendu ? Tu es sous tension ? Quelque chose te tracasse ? Quelque chose dont tu voudrais te délivrer ?

Frank ne répond pas.

ALLAN, *fixant Frank des yeux.* – Un jour j'ai pris un funiculaire, au-dessus d'un gouffre profond. Dans la cabine il y avait un homme qui se cramponnait au garde-fou à tel point qu'il en avait les jointures toutes blanches. Il avait le front luisant. Je pense qu'il aurait préféré s'allonger pour qu'on lui porte secours. Mais ça, il ne pouvait pas le faire devant tout le monde. Et alors il se forçait à regarder l'abîme. Seulement il ne voyait rien. Ses yeux étaient ouverts, mais son regard était complètement vide. On aurait dit qu'il tournait son regard vers l'intérieur et non vers l'extérieur.

FRANK. – Toi aussi tu transpires.

Allan regarde un instant Frank, puis se détourne de lui. Il se promène de long en large.

INGRID. – Je veux m'en aller...

ALLAN. – Tu veux t'en aller ? Je peux te demander quelque chose : est-ce que tu es quelqu'un de mauvais ?

EVA. – Elle a aidé les enfants.

ALLAN. – Par pitié ?

EVA. – J'ai seulement dit qu'elle avait aidé les enfants.

ARJA. – Elle est cinglée, voilà ce qu'elle est. Elle a une case de vide, elle débloque – d'ailleurs c'est pareil pour tout le monde ici.

EVA. – Elle a aidé les enfants.

ROGER. – Elle a aidé les enfants.

EVA. – Elle les a aidés.

ROGER. – Elle les a aidés.

PETER. – Arrête de répéter.

MONA. – Il y en a qui sont obligés de répéter, puisqu'ils n'ont rien à dire.

ROGER. – Tout se répète ici. Ça tourne en rond. C'est toujours la même chose. Regarde-le. *(Montrant Allan du doigt.)* Il répète toujours la même vieille –

ALLAN, *avec véhémence.* – Je ne répète rien.

ROGER. – Qu'est-ce qui te prend ?

ALLAN. – Et toi ?

ROGER. – Et toi ?

ALLAN. – Et toi ? Je te demande ce qui te prend.

ROGER. – Vous voyez bien que tout se répète.

EVA. – Il a l'air si nerveux.

FRANK. – Seul.

ARJA. – Il y en a ici qui se croient au-dessus de tout le monde, c'est ça le problème.

ALLAN. – Qu'est-ce que tu veux dire ?

ARJA. – Qu'ils manquent de respect.

ALLAN. – Parce que toi tu ne manques pas de respect ? Tu es ici parce que tu ne manques pas de respect ?

Arja ne répond pas.

ALLAN. – Pourquoi es-tu ici ? Qu'est-ce que tu as fait ?

ARJA. – Rien.

ALLAN. – Raconte.

ARJA. – Je me suis occupée du gosse.

ALLAN. – Quel gosse ?

ARJA. – Le gosse des voisins – je m'en suis occupée.

ALLAN. – Comment ça, occupée ?

ARJA. – Je m'en suis occupée, c'est tout. La bonne femme d'à côté me l'a amené un jour, elle a dit vous pouvez pas vous en occuper on part en vacances aux Maldives – elle avait les yeux qui brillaient sous le mascara, un véritable oiseau de paradis je vous dis que ça – elle se prenait carrément pour une reine. Elle mettait des soutifs deux tailles trop petites sous ses chemisiers en soie et elle avait le sourire collé aux lèvres en permanence putain comment est-ce qu'on peut sourire comme ça tout le temps ? Déjà ça. Elle avait dû se faire tirer la peau : elle avait un an de plus que moi mais on lui en donnait vingt-deux, des dents neuves et tout le bazar. Elle allait s'envoyer en l'air dans une chambre d'hôtel quelque part, c'était les vacances, le gosse l'aurait gênée – elle se prenait pas pour de la merde celle-là, avec son vernis à ongles qu'elle mettait tous les

jours même sur les ongles des pieds – elle travaillait à la rédaction de je sais pas quoi mais je me demande comment elle pouvait tenir un stylo avec des ongles pareils – c'était son mec qui lui avait trouvé ça bien sûr. Lui c'était le genre big boss qui s'imagine que les gens vont se précipiter dès qu'il leur fait signe du doigt ou qu'il décroche son portable, il était boudiné dans ses costumes et se prenait pour un ministre, c'était tout juste s'il vous disait bonjour dans l'escalier, il vous regardait comme si vous étiez le liftier. Une vraie pourriture, je vous dis que ça. « Vous ne pourriez pas vous occuper de notre fils », non on pouvait pas, j'avais pas le temps, je regardais le môme et j'avais pas la moindre envie de m'occuper de lui – faudrait que je sois payée j'ai dit. D'accord elle a dit. Avec le prix des choses ça risque de vous coûter cher. Pas de problème. Elle a même pas bronché quand j'ai annoncé le prix, elle devait se croire pleine aux as alors que c'était le fric de son mec – lui il encaissait et elle, elle dépensait – en tout cas elle a réussi à sortir un gros billet malgré ses ongles et Dieu sait que j'avais besoin de ce fric, on a beau se crever, tout ce que ça rapporte c'est des douleurs à l'estomac et des maux de tête et deux filles qui pensent qu'aux fringues et un bonhomme qui a rien trouvé de mieux à faire que de casser sa pipe dans un accident de chantier.
Quoi qu'il en soit ils sont partis et le môme était chez nous et j'ai tout de suite compris que ça n'allait pas – j'avais pas confiance en lui. Il y avait quelque chose dans son comportement qui tout de suite m'a pas plu – avec l'éducation que lui avait donnée sa maman il se prenait pour quelqu'un et se pavanait partout dans la maison et tripotait tout ce qu'il voyait – qu'est-ce que c'est, qu'est-ce que c'est – mais arrête de tout tripoter comme ça je lui ai dit – pour qui tu te prends, une espèce d'inspecteur ? Et puis ses chemises, ses pantalons moulants, le petit chéri à sa maman se prenait pour un vrai Don Juan avec ses airs de gâté pourri. Il vous regardait droit dans les yeux, mais baisse les yeux mon petit, me regarde pas comme ça ou je te cloue les paupiè-

res – tu crois que tout le monde est là pour te servir ? Tu crois ça ? Si John avait encore été de ce monde ça se serait pas passé comme ça espèce de con, mais comment est-ce qu'on peut avoir le nez en trompette comme ça, tu t'es cogné contre une porte ? Non j'ai tout de suite compris que ça n'allait pas, je le tenais à l'œil – tu crois que tu peux faire ce que tu veux hein tu crois ça mais alors détrompe-toi parce qu'ici on a des règles et les règles que vous avez chez vous ça compte pas. Ta maman chérie elle te laisse faire tout ce que tu veux ? Ici ça se passera pas comme ça, nous on a des règles et t'as plutôt intérêt à les respecter, compris ? Ça te fait rigoler ? On avait l'impression que le môme rigolait tout le temps comme s'il mâchait du caramel mou mais arrête de rigoler comme ça ou je te colle les lèvres à la superglu. Du coup il a filé doux et j'ai pas pu m'empêcher de rire, t'as fait dans ta culotte ? Ça pue – je le tenais à l'œil. Allez savoir ce qui pouvait lui passer par la tête, à ce petit vicieux, avec deux gamines à la maison, mais Rita et Leena l'aimaient pas non plus parce qu'elles aiment ce que j'aime et n'aiment pas ce que je n'aime pas – mais allez savoir ce que le môme pouvait imaginer avec ses regards en coin et ses yeux qui lorgnaient partout – qu'est-ce que tu lorgnes ? Les jambes de Rita ? Ou le cul de Leena ? T'as intérêt à arrêter ça tout de suite et à fermer ton bec avant de te mettre à baver, va pas t'imaginer des choses pour qui tu te prends – ça te démange dans ton froc ? Et qu'est-ce que tu comptes faire pour te soulager ? Mais rien du tout, espèce de babouin, tu peux compter sur moi pour t'en empêcher – tu imagines que mes filles vont baisser leur culotte comme ça ? Le petit chéri à sa maman – il s'en imagine des choses. Si John avait encore été de ce monde il aurait pas supporté qu'on reluque ses filles comme ça, tu peux me croire. Je sais pas ce que sa maman chérie lui avait fourré dans le crâne qu'il était né sous une bonne étoile dans la meilleure des familles – mais tant qu'il était chez nous il avait intérêt à se tenir à carreau.

Un jour il est tombé dans l'escalier et il est arrivé en larmes en disant que Rita l'avait poussé – t'as fait ça ? Non. Mais il a pas voulu en démordre comme si la gamine mentait mais dans cette famille on ment pas je lui ai dit, on est des gens bien – et la prochaine fois t'as intérêt à regarder où tu mets les pieds, et où c'est que tu regardais encore ? Je sais bien où tu regardais moi, encore heureux que tu t'es pas cassé ton machin là qui doit être bien raide. Il pleurait, il avait la morve qui lui coulait sur son joli petit minois et sur ses lèvres, il avait le genou en sang là où il s'était fait mal. Je sais pas pourquoi mais je me suis aperçue que ça faisait un moment que je regardais le sang, ses jambes minces et musclées et le sang qui coulait de son genou – je lui ai touché le genou comme ça mais alors il s'est mis à crier et sa voix du coup était différente, on aurait dit une fille il geignait comme une petite fille. Qu'est-ce que t'as j'ai fini par dire, tu supportes pas le sang ? Ta maman te manque ? Dommage qu'elle soit en train de s'envoyer en l'air aux Maldives n'est-ce pas, tu crois qu'ils sont au Grand Hôtel ? Tu crois qu'elle pousse des cris quand elle jouit ? Tu veux que je te mette un sparadrap ? Rita et Leena étaient là, elles se bidonnaient au point que j'ai dû leur dire de faire gaffe à pas faire pipi dans leur culotte parce qui c'est qui doit les laver après ? Qu'est-ce qu'il a l'air bête le fiston à sa maman – le fiston à sa maman – je lui ai chatouillé le menton comme ça. Et tout d'un coup il s'est mis à hurler va te faire foutre espèce de mégère et alors j'ai vu rouge – ce petit con me dit de me faire foutre, mais pour qui il se prend, César Napoléon ? C'est ta maman qui t'a appris à parler comme ça ? Baisse ton froc je lui ai dit, c'est pas la peine de protester, tu fais ce que je te dis et jusqu'aux chevilles espèce de petit con. Pourquoi ? il demande en couinant ce gâté pourri, mais parce que je le dis et me regarde pas comme ça, baisse les yeux avant que je te les arrache pour jouer aux billes avec – t'entends ce que je te dis ? Baisse ton froc et plus vite que ça, j'ai pas envie d'attendre toute la journée, j'ai autre chose à faire, tu crois que ça m'amuse ? Avec tout le boulot que j'ai, la vaisselle,

le ménage – y a pas que toi ici. Alors tu le baisses quand je te le dis – voilà – voilà – tu baisses ton froc et maintenant tu te mets le cul en l'air contre la table. Il s'est penché sur la table, son petit cul mignon en l'air, et les filles ont été chercher le martinet. Regardez-moi ça je leur ai dit. Ses petites fesses blanches avaient l'air bien souples avec la raie au milieu, j'ai trouvé que c'était pas désagréable à regarder, puis je lui ai donné un de ces coups de martinet – chtong – le môme s'est mis à hurler puis chtong et re-chtong et chtong, chtong, chtong, il faisait des aller et retour sur la table à chaque coup – qu'est-ce que vous dites les filles j'ai demandé, on dirait qu'il s'envoie en l'air pas vrai ? Putain oui on dirait qu'il baise, qui c'est que tu baises ? Chtong, chtong, chtong – tu nous dis quand tu vas jouir, chtong, chtong, chtong, regardez ses fesses comme elles rougissent, c'est pas mignon ça ? Qu'est-ce que vous en dites les filles ? Je les ai laissés le fouetter à leur tour pendant que je regardais et c'était pas désagréable de regarder son cul remuer alors que les filles le frappaient et que son joli petit derrière devenait tout rouge et qu'il criait et gémissait comme s'il allait jouir d'une minute à l'autre. Voyez comme il est mignon, écoutez-le comme il gémit, on dirait une fille – peut-être qu'il voudrait être une fille, qu'est-ce que vous en pensez, c'est une fille ou un garçon ? On sait jamais, peut-être qu'il est hermaphrodite.
Après ça, on lui donnait quelques coups de fouet de temps en temps quand l'envie nous en prenait. C'était surtout moi qui en avais envie – c'était comme une sorte de récréation, ça changeait de la routine si vous voulez – son derrière tout blanc qui rougissait et ses yeux durs qui changeaient de regard – ça me remontait le moral, ça me changeait les idées. Ce petit morveux qui nous narguait et qui se tortillait du cul du matin au soir, je lui échauffais les jambons, je lui mettais ses jolies petites fesses en feu.
Pendant un bon moment il s'est très bien conduit d'ailleurs je le voyais à peine, on aurait dit qu'il était devenu invisible, il rentrait tard le soir et s'enfermait dans sa

chambre – qu'est-ce qu'il pouvait bien y fabriquer, il faisait pas un bruit, mais qu'est-ce qu'il pouvait bien fabriquer le môme ? S'enfermer comme ça comme si on était des pestiférés, peut-être qu'il se préparait à nous faire un coup en douce – allez savoir ce qu'un petit morveux comme lui pouvait manigancer avec ce regard sournois et ce corps mince et souple et ces lèvres pulpeuses, j'avais pas confiance en lui une seconde. Mais s'il manigançait quelque chose je finirais bien par savoir quoi parce que là il était chez nous et pas dans un hôtel quatre étoiles et nous on avait des règles et il avait tout intérêt à apprendre à les respecter. Alors un soir j'ai ouvert la porte et je suis entrée – le môme était allongé sur le lit et regardait le plafond – qu'est-ce que tu fabriques ? Rien. Ça tu me feras pas croire j'ai dit puis j'ai vu qu'il tenait les mains contre son ventre contre son bas-ventre même – qu'est-ce que tu fabriques ? Tu t'astiques, c'est ça ? Y a une drôle d'odeur ici, ça sent le moisi le renfermé, tu te tripotes espèce de morveux ? Ça t'as intérêt à arrêter espèce de vicieux, je veux pas de ça chez moi, tu entends, et à quoi tu penses quand tu fais ça ? Hein ? Dis-moi à quoi tu penses, raconte-moi tes fantasmes vicieux, t'es là à penser à Rita ? Ou à Leena ? C'est à elles que tu penses j'ai dit puis je me suis approchée de lui et je lui ai mis la main entre les jambes, je lui ai attrapé les parties et j'ai bien serré – qu'est-ce que tu t'imagines mon petit, tu vas pas me dégueulasser mes draps alors tu arrêtes et me regarde pas avec cet air sinon je te brise tes petits œufs et comme ça je te ferai passer ce regard, ça tu peux me croire – puis j'ai appelé Rita et Leena, écoutez les filles, venez voir, y a un petit obsédé ici qui se tripote entre les jambes, ça vous plaît ça ? Ça leur a pas plu du tout, elles ont même trouvé ça dégoûtant – mais alors qu'est-ce qu'on lui fait ? On va pas le laisser continuer comme ça c'est mal élevé il a été gâté pourri par sa maman chérie et son papa plein de fric, pas vrai les filles ? Je sais pas qui a eu l'idée mais Rita et Leena se sont assises sur lui et le tenaient pour pas qu'il bouge mais il arrêtait pas de geindre comme une fille alors Rita s'est carrément assise sur sa figure comme si elle voulait se faire lécher la chatte. Moi je lui ai enlevé son putain de pantalon dont il était sì fier puis je lui ai baissé le caleçon – mais regardez-moi ça les filles, c'est ce truc-là qu'il s'astique en se prenant pour Casanova, ça je peux te dire mon garçon c'est franchement pas grand-chose – mais écoutez-moi comme il chiale, on dirait une fille, vous croyez qu'il aurait aimé être une fille ? Et si on lui faisait voir ce que c'est pour pas qu'il se fasse des idées, qu'est-ce que vous en dites les filles ? Elles ont dit que oui et alors je suis allée à la cuisine chercher le couteau à pain puis pendant que les filles le tenaient j'ai commencé à lui couper son petit tortillon à la base, il gigotait comme un fou et il a failli faire tomber les filles mais à la fin j'y suis arrivée quand même avec les couilles et tout, il hurlait comme un porc contre le cul de Rita puis il s'est tu. On l'a porté jusqu'à la salle de bains puis on l'a mis dans la baignoire parce qu'il saignait comme s'il avait ses règles et on l'a laissé là jusqu'à ce qu'il ait fini de saigner. Plus tard dans la nuit on l'a enterré dans un petit bois où personne n'allait jamais. On a raconté qu'il était sorti et qu'il n'était jamais revenu et la gravure de mode qui lui servait de maman a pleuré comme une Madeleine. Son mascara coulait sur son bronzage. Putain, elle avait l'air d'avoir pris dix ans.

Bref silence. Arja éclate soudain de rire.

ALLAN. – De quoi tu ris ?

ARJA. – De toi.

ALLAN. – De moi ?

ARJA. – T'en fais une tête.

ALLAN. – Moi ?

ARJA. – T'as l'air de pas savoir où te mettre – tu crois que je mens ?

ALLAN. – Je crois qu'il manque quelque chose.

ARJA. – Tu crois que je mens ?

ALLAN. – Il manque quelque chose d'important que tu refuses de dire. Dis-le.

Arja ne dit rien.

Dis-le. Dis-le maintenant.

PETER. – Ça n'a pas de sens.

Pendant un moment tout le monde reste silencieux. Allan marche de long en large. Il les regarde tous, l'un après l'autre, mais ils évitent son regard. Ils évitent également de se regarder les uns les autres.

Ça n'a pas de sens.

ALLAN, *vivement.* – Tu veux te battre ? Tu veux qu'on se batte ? Quelqu'un a envie de se battre ? Un match de boxe... ça nous changerait les idées, non ? Ou un combat de lutte gréco-romaine. Au moins il se passerait quelque chose... Non, vous savez ce qu'on va faire ? On va s'embrasser. Le premier qui arrive à mettre la langue a gagné.

EVA. – Il a l'air nerveux.

MONA. – Tendu dirais-je plutôt.

ROGER. – Des fourmis au cul.

FRANK. – C'est parce qu'il est seul.

ALLAN. – Je ne suis pas nerveux. Pourquoi serais-je nerveux ?

PETER. – À cause de nous.

ALLAN. – Pourquoi ? Ne dis pas que je suis nerveux alors que c'est toi qui l'es.

PETER. – Je ne suis pas nerveux.

ALLAN. – Pourquoi es-tu si nerveux ? Tu as l'air inquiet.

PETER. – Pourquoi serais-je inquiet ?

ALLAN. – Parce que je te pose des questions.

PETER. – Ça ne m'inquiète pas.

ALLAN. – Ça t'inquiète parce que tu as peur de ce que tu pourrais raconter.

PETER. – Je peux raconter tout ce que tu veux.

ALLAN. – Bien. Alors raconte. Comme c'était vraiment. Ce que tu as fait.

PETER. – Je n'ai rien fait.

ROGER. – Il n'y a rien de nouveau, on connaît la chanson.

PETER. – Je n'ai rien fait. Je n'ai tué personne, je n'ai fouetté personne, je n'ai violenté personne. Je n'ai rien fait.

ALLAN. – Tu racontes toujours de la même façon. Tu ne racontes pas les choses comme elles étaient. Comme elles étaient vraiment.

PETER. – C'était tout simple. Il n'y avait rien d'extraordinaire. Ma fiancée était dans la cuisine, elle préparait une salade. Elle avait dressé la table avec des bougies et des objets comme ça, elle tenait beaucoup à ces détails ; une ambiance intime, des bougies, les regards qui se croisent par-dessus la table, le fait d'être ensemble et de partager des choses. C'était l'anniversaire de nos fiançailles, nous allions nous marier pour bien prouver au monde et à nous-mêmes que nous appartenions l'un à l'autre. Quoi qu'il en soit, elle avait posé un couteau sur la planche à découper, mais elle l'avait oublié. Elle a fait bouger la planche en ouvrant un tiroir et le couteau lui est tombé sur le pied. Elle était pieds nus et ça a fait un vrai carnage, il y avait plein de sang par terre. J'ai vu comme elle avait peur – mon Dieu je me suis coupée – elle s'est mise à trembler de tout son corps – mon Dieu je saigne. Elle me regardait – j'étais assis à la table de la cuisine – aide-moi disait son regard – ou plutôt : tu dois m'aider, tu dois examiner la plaie, tu dois me consoler et me dire que ça va s'arranger puis tu dois me mettre un pansement car tu es mon fiancé et nous allons nous marier et nous sommes seuls ici dans la cuisine. Mais je n'ai pas bougé. Je voyais tout et je savais que je pouvais l'aider, mais je n'ai pas bougé. Aide-moi, a-t-elle fini par dire, alors que je ne faisais que la regarder. Il s'est peut-être passé une minute entière, et pendant cette minute elle paraissait se transformer – comme si petit à petit elle prenait conscience du fait que je restais là sans bouger. On aurait même dit qu'elle avait oublié sa plaie, elle me regardait fixement – tu ne viens pas m'aider a-t-elle dit, c'était à peine un chuchotement, tu ne viens pas m'aider, et j'ai eu le sentiment qu'une espèce de désolation l'emplissait mais je ne bougeais toujours pas et à la fin elle est devenue complètement hystérique et elle s'est mise à me frapper. Alors je me suis réveillé pour ainsi dire et je l'ai secourue. J'ai dit que j'avais eu une sorte de black-out mais ce n'était pas vrai, puisque je savais que je m'étais appliqué à ne pas bouger. Je n'avais pas pu faire autrement. Et mon comportement avait un sens, il y avait là quelque chose que j'avais entrevu, que j'avais deviné et que je voulais explorer.

Quoi qu'il en soit nous nous sommes mariés et nous avons emménagé dans une grande villa dans une banlieue chic. J'avais pas mal d'argent puisque je venais d'être nommé médecin-chef à l'hôpital des cancéreux et que je travaillais beaucoup. Le service manquait de moyens et de place, parfois on était obligés d'installer des malades dans les couloirs – on ne risquait pas de chômer. Beaucoup de nos malades étaient mourants et d'autres avaient des périodes de rémission. Je rentrais souvent tard mais ma femme disait qu'elle ne se sentait pas seule car elle avait beaucoup d'amis et de toute façon il y avait notre couple. Elle disait qu'il lui était impossible de se sentir seule car lorsqu'elle se sentait seule elle pensait à notre couple.

Nous allions à un dîner. Elle sortait de notre chambre à l'étage et s'apprêtait à descendre mais elle s'est arrêtée en haut de l'escalier pour rajuster sa robe et son foulard ; elle était enceinte de sept mois. J'étais prêt, je l'attendais en bas. Je savais qu'une pile de linge était posée sur la dernière marche en haut de l'escalier. Elle avait l'habitude d'y poser le linge qu'elle voulait descendre à la buanderie. J'ai compris qu'elle ne pensait plus à cette pile de linge, ou qu'elle ne la voyait pas à cause de son ventre – j'ai compris qu'elle allait trébucher si je ne disais rien car j'avais moi-même manqué de le faire. Mais je n'ai rien dit. Je la regardais faire un pas en avant et trébucher sur la pile de linge exactement comme je l'avais prévu et perdre l'équilibre et dégringoler l'escalier. Elle est tombée jusqu'en bas, elle gisait à un mètre de moi environ. J'ai tout de suite vu qu'elle s'était cassé la jambe. Sa jambe était tournée bizarrement comme si elle avait été cassée net. Elle est d'abord restée comme paralysée puis elle s'est mise à crier et à pleurer, et elle a été saisie de convulsions. Elle me regardait et son regard disait : aide-moi, ou : tu vas m'aider car tu es mon mari et mon ami le plus cher et tu es médecin et nous sommes seuls ici. Mais je n'ai pas bougé. Je ne faisais que regarder. Elle a crié qu'elle avait mal mais je ne l'ai pas aidée et plusieurs minutes ont dû s'écouler – et de nouveau il s'est passé la même chose : son expression a changé lorsqu'elle a compris que je n'avais pas l'intention de l'aider, on aurait dit qu'elle avait oublié la douleur physique, comme si quelque chose d'autre s'y était substitué. Je reconnaissais exactement le phénomène. Tu ne viens pas m'aider ? le même chuchotement, comme le vent sur une lande déserte, mais je restais immobile. C'était comme si je la regardais de loin et que je voyais à l'intérieur d'elle, et à l'intérieur d'elle il y avait comme une tache sombre qui s'élargissait. Et soudain je me suis senti étrangement heureux, j'ai failli éclater de rire – pour la première fois j'ai vraiment senti que nous partagions quelque chose – que nous avions quelque chose en commun malgré tout. Elle a fini par bouger. Elle ne disait plus rien, elle ne faisait que gémir et elle a rampé jusqu'au téléphone en traînant sa jambe qui avait l'air de ne tenir que par la peau. Elle a réussi à composer le numéro et ensuite nous sommes restés là à nous regarder jusqu'à l'arrivée de l'ambulance. Je ne l'ai pas revue.

Je vivais seul dans la villa. J'étais dans un état bizarre.

J'étais comme empli de quelque chose depuis l'accident dans l'escalier. Je voulais revivre ça. Je passais de plus en plus de temps à l'hôpital, même quand j'étais de repos. Je trouvais des prétextes pour aller dans les chambres des patients, je les observais. Je prenais la main des mourants, je sentais la vie les abandonner. Je faisais exprès de ne pas donner à certains patients les médicaments adéquats. Mais j'ai dû attendre longtemps avant de me trouver face à un cas propice.
J'étais dans la chambre d'un malade dont le cancer du poumon était au stade terminal. Il était tard dans la nuit et il dormait et j'étais assis dans un fauteuil à côté de son lit en le regardant. Soudain il s'est réveillé et il a été pris d'une violente quinte de toux, il crachait du sang en abondance. Le sang jaillissait sur le lit et sur ma veste, il y avait des taches rouges partout. Sa toux ne voulait pas cesser, elle s'aggravait même, le sang coulait à flots entre ses lèvres. Il me regardait et son regard disait : aidez-moi, je me vide de mon sang et vous êtes médecin. Mais je n'ai pas bougé. Il continuait de tousser. On aurait dit qu'il s'arrachait des lambeaux de chair. Je le regardais. Plusieurs minutes se sont écoulées et à la fin j'ai vu la transformation ; peu à peu il comprenait que j'allais rester là à le regarder sans lever le petit doigt. Vous n'allez pas m'aider, vous n'allez pas m'aider ? Il a voulu crier mais ses poumons étaient fichus et le sang gargouillait dans sa bouche, la sonnette d'alarme était à portée de main mais il était trop faible pour l'atteindre. Sous l'effet de la panique, ses yeux devenaient tout ronds, comme s'ils allaient lui sortir de la tête, mais petit à petit son regard est devenu plus apaisé. Comme si quelque chose d'autre s'était substitué à la douleur physique, quelque chose de sombre qui s'élargissait de plus en plus. Je pouvais voir à l'intérieur de lui, voir cette chose sombre et j'avais le sentiment de disparaître, de me confondre avec lui, à moins que ce ne soit lui qui se confondait avec moi, et ainsi nous nous vidions ensemble de notre sang. On aurait dit que nous nous comprenions.

Après avoir quitté sa chambre je me suis senti tout à fait calme pendant un long moment, presque heureux ; j'étais calme et en harmonie avec moi-même. Comme on peut l'être lorsqu'on sait qu'on ne sera plus jamais seul.

Silence.

ARJA, *à Allan.* – Ta gueule.

ALLAN. – Je n'ai rien dit.

ARJA. – Tu as pensé.

ALLAN. – Peut-être.

ARJA. – Garde ça pour toi.

ALLAN. – Qu'est-ce que tu as ? Tu as peur de ce que je pourrais dire ?

ARJA. – On en a marre de tes questions.

ALLAN. – Tu parles au nom de tous ? Qui m'empêcherait d'en poser ?

ARJA. – Moi peut-être.

ALLAN. – Comment ? En m'échauffant le cul, en me mettant les fesses en feu, en les faisant rougir, en t'asseyant sur ma figure ?

Arja ne répond pas.

FRANK. – Arrête, le môme était insolent. Tu as entendu ce qu'elle disait, il était trop gâté. Quand on travaille toute la journée et qu'on se crève alors que d'autres ont tout sans faire le moindre effort, il y a de quoi se mettre en rogne. Ça n'a rien d'anormal.

ALLAN. – Pour qui tu te prends tout d'un coup – pour un avocat ?

FRANK. – Je dis seulement que tout le monde peut se mettre en rogne et perdre le contrôle de soi, ce sont des choses qui arrivent quand on en a trop gros sur la patate.

ALLAN. – Bien sûr qu'on peut se mettre en rogne parfois – bien sûr qu'on peut perdre le contrôle de soi et se mettre en rogne au point de réduire le visage de sa femme en bouillie. On l'amoche un peu de temps en temps, c'est ça.

ROGER. – Elle avait eu un comportement provocateur, elle l'a dit elle-même. Tu n'as pas entendu quand il l'a raconté ? Elle avait reconnu qu'elle avait eu un comportement provocateur. Combien de temps est-ce qu'il faut se laisser provoquer ? Tu perds toute confiance en toi quand on n'arrête pas de t'enfoncer. À la fin tu n'en peux plus. Ça s'accumule et à la fin tu es bien obligé de faire quelque chose. Tu n'y peux rien.

ALLAN. – C'est un phénomène physique ? Comme d'avoir une érection dans le bus ou quand on lave le cul de sa gamine ? On est fait comme ça, ça s'accumule et à la fin ça gicle sur la gamine.

Roger ne répond pas.

EVA. – Elle n'a jamais protesté, elle lui a même ouvert la braguette. Elle a écarté les jambes. Elle n'a rien dit.

ALLAN. – Comme ton fils quand tu lui as brisé la nuque, puisque la douleur l'avait rendu muet.

Eva ne répond pas.

MONA. – Tu sais ce que c'est d'être mère célibataire ? Tu n'en sais rien. Tu ne sais pas à quel point ça peut être épuisant : l'enfant crie, tu n'arrives jamais à dormir, tu ne peux pas sortir, toutes les responsabilités reposent sur toi. Tu ne sais pas à quel point on peut être fatigués. On finit par être si fatigués qu'on ne sait même plus ce qu'on fait.

ALLAN. – Comme un somnambule ? On fait certains gestes, on pique des choses à droite et à gauche mais c'est comme dans un rêve, on plane au-dessus de la terre, libre et en apesanteur – et on ne risque pas de se réveiller puisqu'on est déjà réveillés.

Mona ne répond pas.

INGRID. – Elle faisait ce qu'on lui avait dit de faire.

ALLAN. – Il y avait une voix qui murmurait à l'intérieur

d'elle – Dieu parle dans notre cœur : tu tueras tes semblables avec amour et tendresse pour qu'ils viennent à Moi.

Ingrid ne répond pas.

PETER. – Laisse-la. Tu vois bien qu'elle est ailleurs. Tu vois bien qu'elle est malade.

ALLAN. – Mais c'est bien, ça. Plus elle est malade, mieux ce sera, n'est-ce pas ?

FRANK, *menaçant.* – Arrête de poser des questions, ça suffit maintenant.

ALLAN. – Il ne s'est toujours rien passé ici.

FRANK. – Mais il pourrait bien se passer quelque chose.

ALLAN. – Quoi ?

FRANK. – Je pourrais te clouer le bec par exemple.

ALLAN. – C'est vrai que tu es doué pour ça. Tu as l'air si tendu, si nerveux. Tout le monde a l'air tendu. Vous ne tenez pas en place. Je trouve qu'il est temps de dire ce que vous avez sur le cœur.

Tout le monde regarde Allan. Il est encerclé. L'ambiance est lourde de menaces.

ROGER. – Il trouve qu'il est temps.

EVA. – Il a l'air si nerveux.

MONA. – C'est parce qu'il est seul.

PETER. – Tu trouves qu'il est temps ?

ALLAN. – Je veux une explication. Je veux que vous me disiez ce qu'il en est vraiment.

PETER. – On te l'a déjà dit. Il n'y a rien à ajouter. Quelqu'un a quelque chose à ajouter ?

Personne ne répond. Allan recule en direction de la porte sous la pression des regards.

PETER. – Personne n'a l'air de trouver qu'il manque quelque chose. Il n'y a que toi. Tu es le seul à avoir des questions, personne d'autre n'en a. Tu es le seul à vouloir des réponses. Mais si tu disparaissais...

ALLAN. – Qu'est-ce que tu veux dire ?

PETER. – Si tu disparaissais, les questions disparaîtraient également, non ? Personne n'aurait besoin de répondre.

ALLAN, *tendu.* – Si je disparaissais, qu'est-ce que ça veut dire ?

PETER. – Tu te souviens de ce que tu me disais tout à l'heure... S'il y a un noyau nous finirons par l'atteindre... Et alors tout peut arriver... S'il n'y a pas de noyau nous finirons par atteindre cette absence... Et alors tout peut arriver...

Le silence se fait. Tout le monde regarde Allan. L'ambiance est lourde de menaces. Allan n'arrive pas à soutenir le regard des autres. Il recule en direction de la porte. Il met la main sur la poignée, mais la porte est fermée à clé. Il secoue la poignée, de plus en plus paniqué. La porte ne s'ouvre toujours pas. Il se retourne et se retrouve le dos contre la porte. Il paraît tendu, affolé. Tous les autres le regardent fixement. Leur attitude est menaçante. On a l'impression qu'Allan pourrait à tout moment se faire attaquer, agresser, – lyncher.
Puis les autres paraissent se lasser, comme s'ils avaient atteint leur but – faire peur à Allan, le remettre à sa place. Tout redevient « normal » – les personnages détournent leur regard d'Allan, évitent de se regarder les uns les autres.
Au lieu d'avoir l'attention tournée vers Allan, ils deviennent tous solitaires, renfermés en eux-mêmes. Tous paraissent épuisés. Allan s'éloigne de la porte et se met à l'écart, doucement, comme s'il tenait à ne pas se faire remarquer. De toute manière, personne ne fait attention à lui.

Puis Mona semble de plus en plus impatiente. Elle se met à regarder les autres. Personne ne la regarde – personne ne regarde quiconque. Mona soupire, fait du bruit. Elle se promène. Au début, personne ne fait attention à elle, puis elle commence à attirer des regards irrités.

EVA. – Tu ne peux pas arrêter de bouger ?

MONA, *s'arrêtant, regardant Eva.* – Qu'est–ce que tu dis ?

Eva ne répond pas. Mona se promène de nouveau, fait du bruit.

EVA. – Tu ne peux pas arrêter de bouger, puisque je te le demande ?

MONA, *s'arrêtant.* – Pourquoi ?

EVA. – Parce que ça m'énerve.

MONA. – Qu'est-ce qui t'énerve ? Raconte.

EVA. – Quand tu marches comme ça en faisant du bruit.

MONA. – Ça t'agace ?

Eva ne répond pas.

MONA. – Tu sais pourquoi ça t'agace ? C'est parce que tu ne penses pas assez, parce que tu ne réfléchis pas assez. Tu n'as rien pour occuper tes pensées. Alors le moindre bruit devient insupportable. Ça prend des proportions telles qu'à la fin on ne le supporte plus. C'est le principe de la torture chinoise. Tu sais, quand on reçoit sans cesse une goutte d'eau sur le front. Tout le temps, sans cesse. C'est pareil. On ne peut pas y échapper. À la fin on est prêt à avouer n'importe quoi.

La lumière s'éteint.

Achever d'imprimer en août 2000
Imprimerie Lienhart
à Aubenas d'Ardèche

Dépôt légal août 2000

N° d'imprimeur : 2518
Printed in France